群星文庫

007

上升的一切必將匯合

EVERYTHING THAT RISES MUST CONVERGE

富蘭納瑞·歐康納——著
仲召明——譯

目次

導讀
戳破那泡沫
鄭順聰

事情是這樣子的，你耽溺在書本中，渾然忘卻小說以外的世界，冷不防就有個傢伙（爸媽、孩子或是惱人的另一半），拜託你去街巷口的超商，買罐飲料。

你不耐煩不想動，回了一句：「不會自己去啊！」

無禮的態度就是錯，那傢伙惱了，你無可奈何，只好暫時脫離書本，短褲拖鞋地拎著鑰匙出門，口中反覆持頌：某品牌，綠茶，無糖，買一送一超划算。

這就是〈莊稼〉所揭示的處境：人創造或閱讀小說，就是耽溺於字句推敲、人物雕琢、情節推進與象徵疊砌等等。即使被迫暫時擱下，走入現實的街巷口，腦中仍縈繞著無邊幻想，且試想下一步的發展……。也就是，出入於粗礪的現實，與虛構對話。

這就是歐康納的「中間路線」，沒有國仇家恨結構分析哲學深意，也非心思幽微碎碎念小確幸，她擷取的生活切片，往往不上不下、有點重要又不太重要，這是因病沉潛或說是風格本就偃伏的歐康納本色，但最後，就像她罹患的紅斑性狼瘡，會取人性命。

所以像我這樣的作家兼重度閱讀者，遍讀中外名著，遇到歐康納，如獲至寶。其經營的主題，是文學大腕罕得觸及且無暇關注的，更別說要寫得精彩動人、毛骨悚然。而且，背景幾乎都在美國南方（福克納大師請先讓座一下），就那幾件事——件件如尖銳的長針，戳破人們隱隱知曉但擺脫不了的「精神泡沫」。

無論是倚老賣老、自我感覺良好、耽溺在往昔榮光、沒落的貴族、吝鄙的老頭（就是討厭鬼啦！），或是〈上升的一切必將匯合〉的老太太，由兒子陪同去上減重班，出發前，老太太端詳著剛「入荷」的帽子，可花了好大一筆錢，有點滿意又不滿意，想退貨，之後就坐上了公車（猶如一齣揭露黑白種族問題的美國電影），境況大不如前的老太太，依然活在白人的自尊中，看到南北戰爭後地位與涵養提升的黑人，態度輕蔑，但兒子不這麼想，兩人有點小口角，悲慘的事就發生了！同車黑人竟與她撞帽！故事就此急轉直下。如此精神與現實的矛盾，認知與地位的翻轉，是歐康納的強項，更是作家發揮藝術天分的「莊園」。

面對這片廣闊卻又封閉的莊園，歐康納的耕作手法，多從日常與瑣碎下手，農作細節與角色關係等等，展頁時平淡無奇，讀著讀著有點枯索就快呵欠時，你漸被精神泡沫包圍，處於透明而不自知。歐康納的敘述推進燃料，多為內心獨白、情境描述、人際互動等等小瑣碎物兒，卻將精神泡沫越吹越大，讀者開始聯想起家族親戚、左鄰右舍以及辦公室遇到的那些自負、難搞、狡詐、自我中心的傢伙……，說時遲那時快，廢話不說，歐康納就是狠，非常狠，把那精神泡沫狠狠戳破！

我們看恐怖片，驚叫猙獰肉塊噴血，一天就忘了。但讀歐康納的作品，後座力驚人，要震懾讀者久久久——尤其是，當讀者做好心理準備，知道現實定會破門而入時，如〈格林利夫〉窗外徘徊的公牛（比《等待果陀》更先知的傑作），〈樹林風景〉老人對孫女的獨占欲（同場加映：奇士勞斯基《十誡》的第七誡〈真假母親〉），讀著讀著，就會忘卻即將到來的厄運，歐康納對人情的了解太透澈，緊捉心理轉折的關鍵，風景暗藏微言大義，物的描寫淪肌浹髓。此時，破口出現了，暴力來了，打破保守與封閉，髮指、震懾、崩潰，勾連出人最原始的欲望，一輩子無法翻身。

枯燥瑣碎與殘酷終局同在一條敘述線上，當泡沫破裂時，人性即永恆。

扣除兩本長篇，歐康納現存世的短篇小說數量不過三十餘篇，稍微發個狠，三天就可以讀完。但對我而言，其小說篇篇內蘊張力，灌注飽滿的能量，不是短時間能消化的。群星文庫編選的《上升的一切必將匯合》，精心精巧精裝（封面鏤空印上俐落線條），四篇剛剛好，恰是一次閱讀的分量，再多，腦袋連同心臟恐怕負荷不了。

且要時時惦記著孔雀，歐康納生前鍾愛且豢養著，高雅地走入小說〈難民〉（群星文庫有電子版）：嫁過三個丈夫的老婦人，什麼都沒有，只擁有第一任法官丈夫遺留下來的莊園，還有，滿園的孔雀。歐康納幾段話點出毛羽的華麗，也定位出處境：站在高處睥睨，閃耀金綠色與藍色的光彩，在自我的莊園中，指揮著卑微的屬下，苛扣且無情（套句現代術語：血汗公司）。與時代脫節的人們啊！時代就會使你困頓！老婦人的收益越來越少，處境越來越艱難，但她不肯改變，於是園中的孔雀幾乎要死光了，曾經的華麗轉眼破碎毛羽。

歐康納的小說是有模式，但無損其精彩與藝術成就，因為事情總是這樣子的：你正在讀〈好人難尋〉，殺人不眨眼的「人渣」出現了，刺激緊張呼吸無法調勻了，冷不防，某個「傢伙」來拍肩，喚你去外頭買飲料，解一時的癮。無可奈何，精神依然與歐康納同在，你跨入超商，打開冰櫃拿了兩罐某品牌的無糖綠茶（謹遵囑咐），付錢時，提醒自己不要像小說中那些難搞的主角，高高在上對勞苦的底層大眾無禮。飲料劃過條碼後，你左掏右掏，糗了！破了！這精神的泡沫破了！忘了帶錢啊！徹徹底底被拉進現實的你，就此深陷於歐康納情境中。

人生啊！怎能不小說！

本文作者鄭順聰，嘉義縣民雄鄉人，中山大學中文系，台師大國文研究所畢業。曾任《重現台灣史》主編，《聯合文學》執行主編，現專事寫作。著有詩集《時刻表》，家族書寫《家工廠》，野散文《海邊有夠熱情》，長篇小說《晃遊地》，最新著作《基隆的氣味》（與鄭栗兒合著）。

上升的一切必將匯合

醫生告訴朱利安的母親，為了控制血壓，她必須減掉九公斤，所以朱利安只得在週三晚上帶她搭巴士，去市區開設在Y地的減重班運動。減重班是為年過五十、體重在七十五至九十公斤之間的女性勞工設立的。他的母親在其中算是苗條的，但她說，女士是不會透露自己的年齡和體重的。

自從混乘後，她就不願意晚上單獨搭巴士，而且，因為上減重班是她少有的樂趣之一，是她的健康所必需的，又**免費**，所以她說，想想她為他做的一切，朱利安至少應該出趟門帶她過去。朱利安不願去想她為他做的一切，但每週三晚上，他都強打起精神帶她去。

她站在門廳的鏡子前面戴帽子，準備出門。朱利安背著手，一動不動地站在門邊上等待著，就像等待著利箭射穿自己的聖·塞巴斯蒂安[1]。帽子是最近買的，花了她七點五美元。她不停地說：「也許我不該花那麼多錢買它。是的，我不應該買，明天我就退回去。我不應該買這頂帽子。」

朱利安翻起白眼。「不，妳應該買下來，」他說，「戴上它，我們走吧。」那是一頂醜陋不堪的帽子：紫色天鵝絨帽簷在一邊垂下，又在另一邊翹起；其餘部分是綠色的，看起來就像填充物外露的坐墊。他覺得這頂帽子滑稽、神氣活現而又可憐兮兮。令她開心的都是小東西，但所有這些小東西都令他沮喪。

她又一次舉起帽子，再放在頭頂上。兩縷灰髮垂在她紅潤臉龐的兩側。她十歲時，那雙天藍色的眼睛肯定就是如此：純真，未歷世事。彷彿她不是個含辛茹苦，供他吃喝，送他去念書，至今仍支持著他，「直到他能站穩腳跟」的寡婦，而是一個他必須帶她進城的小女孩似的。

---

[1]基督教聖徒，在三世紀的宗教迫害期間遭羅馬皇帝殺害。

「好了，好了，」他說，「我們走吧。」為了讓她動身，他打開門，走下小路。天空是了無生氣的紫羅蘭色，在它的映襯下，房舍顯得黑黝黝的，成了同樣醜陋的球形肝色怪物，儘管沒有哪兩棟房子是一模一樣的。四十年前，這裡是上流社區，他的母親以前老巴望著如果能在這裡擁有一棟房子就好了。每一棟房子四周都有一圈窄窄的泥土地，那裡通常會坐著一個邋遢的小孩。

他雙手插在兩邊口袋裡走著，目光呆滯，頭垂了下來，朝前伸著。他決定在他為了她的快樂犧牲自己的這段時間裡，要讓自己完全麻木掉。

門關上了，他轉身，看見戴著一頂糟糕無比帽子的矮胖身影正朝他走來。「唉，」她說，「人只能活一次，得為這一次多付出一些，我至少不會看見和我一樣的人走來走去。」

「等我開始賺錢了，」朱利安陰沉地說——他知道自己永遠都賺不到錢——「妳想什麼時候開這樣的玩笑，就什麼時候開吧。」但首先，他們得趕路。他想像過擁有這樣的房子：兩邊最近的鄰居，也在五公里之外。

「我覺得你做得挺好的，」她一邊戴手套，一邊說著，「你才畢業一年。羅馬不是一天造成的。」

在Y減肥班裡，只有幾個會員會戴著帽子和手套去上課，並且有一個上過大學的兒子，而她是其中之一。「這是需要時間的，」她說，「而這個世界現在又一團糟。這頂帽子戴在我的頭上比戴在其他任何人的頭上都好看，儘管售貨小姐拿出它的時候我曾說：『把這個東西拿回去，我是不會把它戴在頭上的。』不過售貨小姐說：『試試看嘛。』她把帽子戴在我的頭上時，我說：『哎——呀。』然後她說：『要我說，您和這頂帽子真是相得益彰啊，而且……』又說：『戴上它，您肯定顯得與眾不同。』」

朱利安想，如果她自私，或者是個酗酒並衝他喊叫的老潑婦，他會自立得多。他走著，沉浸在絕望裡，彷彿苦難已然使他失去了信心。看到他那張絕望而又不耐煩的長臉，她陡然停下，露出悲傷的表情，並拉住他的胳膊。「等我。」她說，「我回家把這東西摘掉，明天就退回去。我昏了頭，我可以用那七塊半付煤氣費。」

他用力地抓住她的胳膊。「不要退回去，」他說，「我喜歡它。」

「唉，」她說，「我覺得自己不應該……」

「不要說了，好好享受它吧。」他嘟囔道，比剛才更沮喪了。

「這個世界一團糟。」她說，「我們能享受點什麼真是個奇蹟。我跟你說，天翻地覆了。」

朱利安嘆了口氣。

「當然了。」她說，「如果你知道自己是誰，你可以去任何地方。」朱利安每次帶她去減重班，她都要說這個。「減重班裡的那些人，大多數和我們不是一類，」她說，「但我可以對任何人都客氣。我知道自己是誰。」

「他們根本不在乎妳客不客氣！」朱利安惡狠狠地說，「知道自己是誰只對上一代人有好處。現在，妳根本就不知道自己是在什麼地方，自己是誰。」

她停下來，瞥了他一眼。「我當然非常清楚自己是誰。」她說，

「要是你不知道自己是誰，我會為你感到羞愧。」

「哦，見鬼了。」朱利安說。

「你的曾祖父當過本州州長，」她說，「你的祖父是富裕的地主，你的外祖母姓葛德海。」

「看看四周，」他緊張地說，「妳知道自己現在在哪兒嗎？」他忽

地甩出胳膊，指了指這個地方，漸濃的黑暗至少讓這裡顯得不那麼骯髒了。

「你怎麼老是這個樣子？」她說。「你的曾祖父擁有大農場，還有兩百個奴隸。」

「現在已經沒有奴隸了。」他氣惱地說。

「他們還有的時候更幸福。」她說。他嘆了口氣，表示自己知道她又要談這個話題了。每隔幾天，她就會繞到這上面來，就像直通線上的火車。他知道沿途每一個停靠站、每一個交叉口和每一處沼澤，也知道在哪一點上，她的結論一定會莊嚴地滑進車站：「荒誕，根本就不現實。他們應該站起來，這沒錯，但應該站在籬笆旁屬於他們的那一邊。」

「別說了。」朱利安說。

「我替他們難過，」她說，「那些半白[2]的，他們悲慘啊。」

「妳能不能別說了？」

「想想如果我們是半白的，我們心裡的感受肯定很複雜。」

「我現在的感受就很複雜。」他哼道。

「那我們說些令人愉快的事情吧。」她說，「記得我還是個小女孩的時候，我常到爺爺那兒去。那棟房子有雙樓梯，樓梯通向真正的二樓，一樓只用來做飯。我喜歡待在樓下的廚房裡，因為我喜歡牆的味道。我會坐著把鼻子貼在泥灰上深呼吸。其實那棟房子是葛德海家的，但是你的祖父切斯蒂尼付了貸款，替他們保住了房子。他們家道中落了，」她說，「但不管中不中落，他們永遠都不會忘了自己是誰。」

「肯定是那棟破爛的大房子提醒了他們。」朱利安嘟囔道。說起

---

2 指黑白混血人種。

那棟房子時，他總帶著輕蔑，而想到它時，卻又總是心懷嚮往。在它被賣掉之前，他見過那房子一次，當時他還是個孩子，雙樓梯爛掉了，被拆了下來，黑鬼[3]住在裡面。但他的母親知道，房子留在了他的腦海裡，它經常出現在他的夢裡。

夢裡，他會站在寬闊的門廊下，聽橡樹葉的沙沙聲，繼而不疾不徐地穿過挑高的門廳，走進和門廳相連的客廳，注視著磨壞了的小地毯和褪了色的掛毯。他覺得，能夠欣賞那棟房子的是他，而不是她。他愛它破敗的優雅勝過他能叫得出名字的任何東西。可是，也因為那棟房子，他們居住過的所有社區對他而言都是折磨，然而她卻幾乎不知道這種區別。她不覺得自己感覺遲鈍，反而認為這是「能屈能伸」。

「我想起了當我保母的老黑卡洛琳。世上沒有比她更好的人了。我一向非常尊重我的有色朋友，」她說，「我願意為他們做任何事情，而他們……」

「看在上帝的分上，妳能不能不談這個話題？」朱利安說。他一個人乘巴士時，會有意坐在黑鬼的旁邊，好像這樣就能彌補他母親的罪過。

「你今晚動不動就生氣，」她說，「你沒事吧？」

「是的，我沒事，」他說，「別說了。」

她噘起嘴唇。「看樣子你心情很不好，」她評論道，「我根本就不該和你說話。」

他們來到巴士站，看不見巴士的蹤影。雙手仍插在口袋裡的朱利安伸出頭，怒視著空蕩蕩的街道。等巴士和將要搭上巴士帶來的沮喪

---

3 在原文中，nigger和negro都是對黑人的蔑稱，nigger最輕蔑，negro次之，為了表示區別，譯文分別翻譯成「黑鬼」和「黑仔」。

感，就像一隻滾燙的手爬上他的脖子。在她痛苦地嘆了口氣後，他慢慢地意識到母親的存在。他陰鬱地看著她：她直挺挺地站著，戴著那頂荒唐的帽子，彷彿是她想像出來的尊嚴所代表的一面旗幟。他產生了想要挫一挫她銳氣的惡毒衝動，於是他突然鬆開領帶，把它解下來塞進口袋裡。

她身體一僵。「為什麼每次帶我進城，你都非要**這個樣子**？」她問。「你為什麼存心叫我難堪？」

「要是妳永遠都不知道自己的地位，」他說，「妳至少能明白我的地位。」

「你看起來就像一個……惡棍。」她說。

「那麼我一定就是了。」他嘟囔道。

「我回家算了，」她說，「我不煩你了。如果你連這點小事都不能為我做……」

他翻著白眼，又把領帶繫上。「在我的階層裡，」他嘟囔道，臉湊到她跟前，咬牙切齒地說，「真正的文化在腦子裡，**腦子**裡。」他說道，並敲自己的頭，「腦子。」

「在心裡。」她說，「也在於你怎樣做事，而你怎樣做事是由**你**是誰決定的。」

「在該死的巴士上，沒有人在乎妳是誰。」

「我在乎自己是誰。」她冷冰冰地說。

亮著燈的巴士出現在後面一道斜坡頂上，巴士駛近時，他們走到街上，迎上前去。他扶著母親的手肘，將她托上嘎吱作響的台階。她面帶微笑地上了車，彷彿正走進客廳，而每個人都在等她。他投代幣時，她在走道一邊寬大的前排[4]三人座其中的一張上坐下。一個齙牙、頭髮又長又黃的瘦削女人坐在另一頭。他的母親移身挪到齙牙女人身旁，為朱利安留出了自己身邊的座位。他坐下來，看著走道另一邊的地板，一雙穿在紅白帆布涼鞋裡的瘦腳穩穩地放在那裡。

他的母親立即侃侃而談起來，試圖吸引任何一個想要說話的人。「天氣還會更熱嗎？」她說，並從手袋裡掏出一把畫著日本風景的黑色摺扇，在面前搧了起來。

「我看可能會吧。」齙牙女人說，「但我很肯定，我的公寓不會更熱了。」

「一定是吸收了下午的陽光。」他的母親說。她微微前傾，前後看了看巴士——半滿，都是白人。「車上坐的都是自己人嘛。」她說。朱利安不安了起來。

「總要變一變嘛。」走道另一邊的女人說，她就是那雙紅白帆布涼鞋的主人。「我前幾天坐的那輛車上，他們就像跳蚤一樣多，從車頭到車尾。」

「這個世界整個亂了。」他的母親說，「我不知道我們是怎麼讓它陷入這種困境。」

「讓我看不過去的是好人家的男孩子偷汽車輪胎。」那個齙牙女人說，「我對我兒子說，你也許不是有錢人，但你是有教養的，如果讓我逮到你蹚進那種渾水裡，就把你送到感化院去，那裡才是你應該待的地方。」

「得經常提醒。」朱利安的母親說，「妳兒子上高中了嗎？」

「九年級。」齙牙女人說。

「我兒子去年剛大學畢業。他想寫作，但目前在賣打字機，還沒

4 種族隔離制度廢除之前，在美國南方的公車上，黑人只能坐後排座位，而且座位如果滿了，要讓位給白人。

起步哪。」朱利安的母親說。

齙牙女人探出身體，端詳著朱利安。他惡狠狠地看了她一眼，所以她又坐回到座位上。走道另一邊的地板上有一張被棄置的報紙，他站起來撿起報紙，在面前打開。他的母親用微低的聲音想謹慎地繼續交談，但走道另一邊的那個女人卻大聲說：「噢，不錯啊。賣打字機和寫作差不多嘛，他可以隨時從這一行跳到那一行。」

「我跟他說，」朱利安的母親說，「羅馬不是一天造成的。」

朱利安拿著報紙，退回到自己意識深處，他在那裡面度過了大部分的時間。那是一種精神泡沫，當他無力支撐自己繼續融入周遭時，只要身處泡沫之中，他就能找到自己。從那裡，他能看到外面並做出評判，而在泡沫裡面他是安全的，不會受到外界任何侵害。那是唯一一處可以讓他覺得自己擺脫了周圍人愚昧的地方。他母親從未進去過，但從那裡面，他能非常清楚地看清她。

老太太很聰明，而他覺得，如果她能從正確的前提開始，她會變得更好。她根據自己幻想出來那個世界的規則生活，他從未看見她涉足過外面。那個世界的規則就是，在她先把許多事情弄得一團糟而創造了必要條件之後，她要為他犧牲。如果說他已經接受了她的犧牲，那只是因為她缺乏遠見，使得犧牲成為了必然。

一生中，在沒有切斯蒂尼家族財產的情況下，她努力表現得像切斯蒂尼家族，並給予他一切她認為切斯蒂尼家族該有的東西。但既然，她說，努力是趣事，有什麼好抱怨的呢？而當你贏了，就像她一樣，回顧艱難時光是非常快樂的！他無法原諒的是，她享受這種努力，並認為已經贏了。

當她說自己贏了，她的意思是，她成功將他養大並送他去念了大學，他發展得如此之好——好看（為了讓他有一口好牙，她的牙掉了也沒補），聰明（他認為自己太聰明了，所以不會成功），未來一片大好（他肯定沒有未來）。她原諒他的悲觀，因為他尚未成熟；原諒他激進的想法，因為他缺乏實際經驗。她說他還不知道「生活」是怎麼回事，他甚至還未走進真正的世界，卻已經像個五十歲的男人般對它不抱幻想了。

這一切更深一層的諷刺意味是，儘管她是這樣的一個人，他還真發展得如此之好。雖然上的是三流大學，但出於自覺，他還是在受了一流教育之後畢業了；儘管是在狹隘心思的左右下長大的，他最終卻獲得了大智慧；儘管時常聽到她那些愚蠢的觀點，他卻擺脫了偏見，不懼面對事實。最不可思議的是，他沒有被自己對她的愛所蒙蔽，反而在精神上擺脫了她，可以完全客觀地看待她。他沒有受制於自己的母親。

巴士猛地一衝，停了下來，將他從冥想裡甩了出來。後面一個正探著身子、邁著小碎步朝前走的女人，差一點被晃得跌坐在他的報紙上。她下車時，一個大塊頭黑仔上來了。朱利安放低報紙，觀察那個黑人。看到平日裡的不公正現象，會讓他獲得一種滿足感。這證實了他的觀點：在半徑三百英里範圍內，沒有什麼值得認識的人。黑仔穿著體面，拎著一只手提箱。他四下看了看，繼而坐在穿著紅白帆布涼鞋女人那排座位的另一頭。他隨即打開一份報紙，將自己隱藏其後。朱利安的母親用手肘不停地戳他的肋骨。「現在你明白我為什麼不願意一個人坐這種巴士了吧。」她低聲道。

就在黑仔坐下的同時，穿著紅白帆布涼鞋的女人站了起來，走向車後，然後坐在已經下車的那個女人的座位上。朱利安的母親俯身向前，讚許地看了她一眼。

朱利安跨過走道，在穿著帆布涼鞋女人剛才坐的位子上坐下。他從這個位置平靜地看著對面的母親——她的臉變成了憤怒的紅色。他注視著母親，彷彿她是個陌生人。他又突然緊張起來，好像他對母親公開宣戰。

朱利安想和黑仔攀談，和他說說藝術或者政治或者超出他倆周圍人理解範圍的任何其他話題，但那人依然穩坐著埋首於報紙。他要麼不在意座位的變化，要麼根本就沒注意到，害得朱利安沒辦法表達自己的同情。

他的母親責備地注視著他。那個齙牙女人也貪婪地看著他，好像他是一種最近才出現在地球上的怪物。

「你有火柴嗎？」他問黑仔。

黑人把手伸進口袋，遞給朱利安一盒火柴，但他的目光並未離開報紙。

「謝了。」朱利安說。他傻乎乎地握了火柴一會兒。車門上方有塊「禁止吸菸」的標誌。僅僅是這塊牌子還不足以阻止他，他沒有菸。因為負擔不起，幾個月之前，他戒菸了。「對不起。」他嘟囔道，把火柴遞了回去。黑仔放低報紙，生氣地看了他一眼。他接過火柴，又舉起報紙。

他的母親仍盯著他看，但她並未利用他轉瞬即逝的不自在。她的眼裡仍然是悲痛的神色，臉看起來紅得不自然，也許是因為血壓升高了。朱利安不允許自己臉上顯出絲毫的同情，占了上風之後，他要不顧一切地保持下去，直到最後。他想給她一個讓她會記住一段時間的教訓，但是此刻，他似乎無能為力了——黑人拒絕從報紙的世界裡走出來。

朱利安交疊雙臂，默然地看著前方，面對著她，但似乎又沒看見她，彷彿拒絕承認她的存在。他想像出一幅畫面：巴士抵達他們的目的地後，他依然坐著，當她問：「你不下車嗎？」他就像看一個冒失地與自己說話的陌生人似的看著她。他們下車的那個街角通常四下無人，但燈火通明，讓她自己走過四個街區去Y也沒什麼大不了的。他決定等那一刻來臨時再決定要不要讓她一個人下車。他必須十點鐘出現在Y，帶她回去，但他可以讓她惦記著他會不會來。她沒有任何理由認為自己總可以依賴他。

他又回到那個挑高、零落地擺著幾件古董大家具的房間，霎時間，他覺得一派輕鬆。但接著，他意識到坐在他對面的母親的存在，於是那幅景象便皺縮了起來。他冷冷地審視著她。她那雙穿在小舞鞋裡的小腳就像小孩般懸著，無法完全搆到地板。她那誇張的責備表情瞄準了他，讓他覺得自己與她分道揚鑣。在那一刻，他可以愉悅地數落她，就像數落一個受他管束、極令人討厭的小孩。

他想像能用來教訓她的各種行不通的方法。他可以結交一些傑出的黑仔教授或律師朋友，並帶一個回家過一晚。那他將徹底證明自己，但她的血壓也可能會飆升到三百。他不能把她逼到中風的地步，而且，他從未成功地交到黑仔朋友。他試過在巴士上和黑仔之中較好的幾類——那些看起來像教授或牧師或律師的黑人攀談。

有天早上，他坐在一個看起來很優秀的黑棕色男人身邊，那人能用渾厚嚴肅的聲音回答他的問題，可惜他是個殯葬業者。還有一天，他在一個抽著雪茄、手指上戴著鑽石戒指的黑仔身旁坐下，但說了幾句生硬的玩笑話後，那個黑仔就按響下車鈴起身。他從朱利安身邊擠過去準備下車時，往朱利安的手裡塞了兩張彩券。

他想像母親病入膏肓，臥床不起，而他卻只能為她找來一個黑仔醫生。他玩味這個想法幾分鐘，然後丟開了它，因為霎時間，他看見自己參加了靜坐示威。這種情況可能發生，但他並未一直沉浸在這樣的想像裡。相反地，他逐漸接近了那最恐怖的畫面：他帶著一個漂亮但會讓人懷疑她是黑仔的女人回到家裡。做好心理準備吧，他說。妳拿這件事一點辦法也沒有。這就是我看中的女人。

她聰明，有自尊，甚至可謂優秀。她飽經風霜，但可不覺得那是件樂事。迫害我們吧，快來迫害我們吧。把她趕出這兒吧，但記著，妳把她趕出去，也就等於把我趕出去了。他眯起眼睛，在憤怒中，他看見了走道另一邊的母親。她漲紫了臉，萎縮成侏儒大小，那就是她道德本質的體積，像一具木乃伊似地坐著，那頂可笑的帽子彷彿一面旗幟。

巴士停下時，他再次從自己的幻想中走了出來。在吸吮似的嘶嘶聲裡，門開了，一個有色女人從黑暗裡上了車。她身材高大、衣著花稍、表情陰沉，還帶著個小男孩。那個小孩約四歲大，穿著短套裝，戴頂提洛爾帽[5]，帽子裡插著一根藍色羽毛。朱利安希望小男孩坐在自己旁邊，而那個女人去坐他母親旁邊的位子。他覺得這樣的安排再好不過了。

等代幣時，那女人掃視巴士，尋找座位，朱利安希望她能坐到別人最不想讓她坐的位子上。她身上有種朱利安熟悉的東西，但他說不出來那是什麼。她是女人中的巨人，面容堅定，似乎不怕任何找麻煩的人，而且還要揪出那樣的人來。她那碩大的下唇向下的弧度就像一塊警示標誌：「別惹我。」她臃腫的身體包裹在綠色縐紗洋裝裡，雙腳從紅鞋裡擠了出來。她戴著一頂醜陋不堪的帽子：紫色天鵝絨帽簷

[5] 一種綠色軟氈帽，常裝飾著羽毛或花結。

在帽子的一邊垂下，又在另一邊翹起；帽子的其餘部分是綠色的，看起來像是填充物外露的坐墊。她拿著一只鼓脹的紅色大手袋，裡面彷彿填滿了石頭。

令朱利安失望的是，小男孩爬上了他母親旁邊的空位。所有小孩，不管黑的白的，在他母親的眼裡都是「可愛的」，而她又認為，總體來說，黑人小孩比白人小孩更可愛。小男孩爬上座位時，朱利安的母親對他笑了笑。

與此同時，那女人重重地坐在朱利安身邊的空位上。令他氣惱的是，她是擠進去的。這個女人在他身邊坐定時，他看見母親的臉色一變，他心滿意足地意識到，母親對這件事比他還要反感。她的臉看起來幾乎變成了灰色，她眼睛裡現出一種隱約感覺到了什麼的神色，彷彿她突然對一種可怕的對比感到噁心。朱利安明白，這是因為，從某種意義上來說，他的母親和這個女人交換了兒子。儘管他的母親不會明白這件事在象徵上的重要性，但她感覺到了。他露骨地流露出愉悅的神色。

他身邊的女人喃喃自語地說了幾句朱利安聽不分明的話。他感覺身邊有一種豎立的刺，或者一種像是一隻憤怒的貓發出的無聲吶喊。除了挺立在綠色大腿上的紅色手袋，他什麼也看不見了。他回想這個女人站著等待代幣時的模樣——笨拙的身軀，他的目光從紅色的鞋子往上，越過結實的大腿、碩大的乳房和傲慢的臉龐，抵達紫綠兩色的帽子。

他的眼睛睜大了。

兩頂一模一樣的帽子發出明亮如朝霞般的光輝，打斷了他的思緒。因為開心，他的臉頓時神采奕奕。他不敢相信，命運給了他母親這樣一個教訓。他咯咯大笑起來，好讓母親看著他，看到他所看到的。她緩慢地將目光轉向他，眼睛裡的藍似乎變成了瘀傷的紫。片刻間，他對她的無知感到不安，但這種感覺只持續了幾秒，接著道義就拯救了他，公正給了他大笑的權利。他那咧嘴而笑的面容僵在那兒，繼而像他真的大聲說出那樣，在心裡對她說：這就是對妳小心眼的懲罰。這件事會給妳一個永生難忘的教訓。

她的目光移向那個女人。她似乎難以再看兒子，看這個女人還容易些。他再次感覺到身側那種豎立的刺的存在。這個女人就像一座即將爆發、轟隆作響的火山。他母親一邊的嘴角輕微地抽動起來，表情漸漸恢復正常。想到母親在突然意識到她們戴著同款帽子後，也許會覺得很有趣，不覺得這是什麼教訓，他的心往下一沉。朱利安的母親盯著這個女人看，一抹愉悅的笑容浮現在她臉上，好像這是偷了她帽子的一隻猴子。小黑鬼的那雙大眼睛興趣盎然地仰視著朱利安的母親。小男孩試圖吸引她的注意好一會兒了。

「卡佛！」大個子女人突然說，「到這兒來。」

我，在這裡。推開了一扇門

——群星文庫電子書誕生

看到焦點終於到了自己的身上，卡佛抬起雙腳，轉身面向朱利安的母親，咯咯地笑了。

「卡佛！」這個女人說，「你聽見我的話了嗎？到這兒來！」

卡佛從座位上滑下來，背靠著座位底部，蹲著不動，然後頑皮地轉頭面向朱利安的母親，她也正對著他微笑。那個女人伸出一隻手，把他從走道的另一邊抓到自己身旁。卡佛在他母親的膝蓋上坐直，向後懸著，對朱利安的母親咧嘴而笑。「他多可愛呀。」朱利安的母親對那個齙牙女人說。

「我想是吧。」齙牙女人不太肯定地說。

女黑鬼把卡佛拉過來坐直，但他掙脫了她，衝向走道的另一邊，一邊放聲咯咯大笑，一邊爬上他喜愛的人身旁。

「我看他喜歡我。」朱利安的母親說，並對那個女人微笑。那是她對一個下等人特別禮貌時會使用的微笑。朱利安感覺眼前一黑。那個教訓就像屋頂的雨水一樣，從她身旁滾落了。

那個女人站起來，把小男孩從座位上拽下來，彷彿要把他從疾病傳染源旁邊抓走。朱利安能夠感覺到，卡佛的母親因為沒有像他母親的微笑那樣的武器而憤怒。她狠狠地拍了兒子的腿一下。他立即號叫起來，接著用頭頂她的肚子，用腳踢她的小腿骨。「老實點。」她暴喝道。

這時，巴士停下了，一直在看報紙的那個黑鬼下了車。那女人擠過去，接著砰地把小男孩放到她和朱利安中間，牢牢地按著他的膝蓋。過了一會兒，卡佛雙手遮臉，透過指縫窺視朱利安的母親。

「我看見你嘍！」她說，然後把一隻手放在臉上，也窺視著他。

那個女人用力拍掉卡佛的手。「別丟人了。」她說，「不然我揍扁你！」

朱利安慶幸下一站他們就要下車了。他扯了一下下車鈴，那個女人也做了相同的動作。噢，我的上帝啊。他有種可怕的直覺，他們一同下車後，他的母親會打開錢包，給那個小男孩一枚五分錢鎳幣。對她而言，那種行為自然得如同呼吸。

巴士停下了，那個女人把想繼續待在車上的小孩拖在身後，朝前門衝去。朱利安母子站起來跟在後面。他們快到門口時，朱利安試圖替母親拿手袋。

「不，」她低聲道，「我要給那個小男孩五分錢。」

「不行！」朱利安咬牙切齒地說，「不行！」

她低頭對小男孩微笑，接著打開手袋。巴士門開了，那個女人抓住卡佛的胳膊，把他拎起來，小男孩扒著她的大腿下了車。一到了街上，她就放下他，然後搖晃他。

從巴士台階上下來時，朱利安的母親不得不合上錢包，但腳剛落地，她又把錢包打開，並翻找起來。「我只找到一枚一分的。」她悄聲說，「看起來像是新的。」

「不要這樣！」朱利安用力地咬牙切齒道。街角有一盞路燈，她急忙跑了過去，以便能好好地搜摸手袋的深處。那個女人快速地沿街而去，小男孩被拎在半空中，吊在她身後。

「喂，小傢伙！」朱利安的母親喊道，並快走幾步，在路燈柱那兒趕上了他們。「這枚亮晶晶的新一分錢給你。」她拿出硬幣，硬幣在微弱的燈光裡閃出青銅的色澤。

那個魁梧的女人轉過身，佇立了片刻。因為強抑著怒氣，她雙肩聳起，面孔板了起來，瞪著朱利安的母親。然後，突然間，就像一台被多加了一點壓力的機器一樣，她終於爆發了。朱利安看見黑色的拳頭和紅色的手袋一起揮了出來。朱利安閉上眼睛，縮著身體，與此同時，他聽見那個女人叫喊道：「任何人的一分錢他都不要！」他睜開眼睛時，那女人正沿街朝前走，快要消失不見了。小男孩從她肩膀的上方瞪大眼睛凝望著坐在人行道上的朱利安的母親。

「我叫妳不要那麼做了！」朱利安憤怒地說，「我叫妳不要那麼做了！」

他咬著牙齒，居高臨下地在她身邊站了一會兒。她伸著雙腿，帽子掉落在大腿上。他蹲下來看著她的臉，那張臉上沒有任何表情。「妳活該！」他說，「起來吧。」

朱利安撿起手袋，把掉出來的東西放回去，再撿起她大腿上的帽子。他看見人行道上的那枚一分錢，把硬幣撿了起來，在她的眼前放進錢包裡。然後他站起來，彎下腰，伸出手，想把她拽起來。她賴在地上不動。他只好嘆了口氣。黑色的公寓聳立在他們兩邊，不規則的六角形燈光照射其上。在街區末端，有個男人從一扇門裡走出來，朝相反的方向走去。「好了。」他說，「假如有人經過，問妳為什麼坐在人行道上該怎麼辦呢？」

她抓住他的一隻手，喘著粗氣吃力地站了起來。她站了一會兒，輕微地搖晃著，黑暗中的光點彷彿正圍繞著她盤旋。她那被陰影籠罩的茫然目光終於定在了他的臉上。他沒有掩飾自己的惱怒。「我希望妳能記住這個教訓。」他說。她躬身向前，目光在朱利安的臉上搜尋著，似乎想弄清楚他到底是誰。然後，彷彿認定他身上自己一無所悉，她伸著頭，朝著另一個方向邁開步伐。

「妳不去Y啦？」他問。

「回家。」她嘟囔道。

「好啊，我們走路嗎？」

她以繼續前進作為回應。朱利安背著手跟在她後面。他覺得有必要解釋她得到的這個教訓，讓她永誌於心，不能就這樣讓機會溜走。他也想讓她明白發生在她身上的事。「不要以為她只是個高傲的黑女人。」他說，「她是不再接受妳帶著優越感施捨的有色人種。她就是妳的黑影。她可以和妳戴同樣的帽子，而且毫無疑問的……」他無緣無故地補充道（也許覺得這樣很好玩），「帽子戴在她頭上，比戴在妳頭上好看。這一切的含義是，舊世界消失了。舊禮儀過時了，妳的親切一文不值。」他痛苦地想到，那對他而言已經消失了的房子。

「妳別自以為是了。」他說。

她繼續步伐沉重地朝前走，對他毫不在意。她一邊的頭髮亂了，手袋也掉了，但她並不理會。他彎腰撿起手袋遞給她，她沒接。

「妳不用表現得好像世界末日似的。」他說，「根本就不是。從現在起，妳要生活在一個新世界。現實些，振作起來。受點氣，不會要了妳的命。」

她的呼吸變急促了。

「我們等巴士吧。」他說。

「回家。」她口齒不清地說。

「我討厭看見妳這副樣子，就像個孩子似的。我很失望。」他決定在原地停下，並讓她停下等巴士。「我不走了，」他停下。「我們坐巴士。」

她繼續朝前走，彷彿沒聽見他的話。他趕上前抓住她的胳膊，她停了下來。他看著她，感到一陣窒息：他看到的是一張以前從沒見過的臉。「叫爺爺來接我。」她說。

他凝視著母親，愣住了。

「叫卡洛琳來接我。」她說。

他錯愕地放開她。她前傾著前行，一條腿好像比另一條腿短。似乎有一股黑色的潮水將母親從他身邊沖走了。「母親！」他喊道。「親愛的，心肝，等等！」她癱下來，倒在人行道上。他向前衝去，跌坐在她身邊，叫喊道：「媽媽，媽媽！」他翻過她的身體。她的臉異常扭曲，一隻瞪大的眼睛慢慢向左移動，就像一艘起錨的船。另一隻眼睛呆愣愣地盯著他看，又在他的臉上搜尋著，但什麼也沒發現，於是就閉上了。

「在這裡等著，在這裡等著！」他叫喊道，隨即跳起來，朝前方的一束光線奔跑，尋求幫助。

「救命，救命啊！」他叫喚道，但他的聲音微弱，細如絲縷。他跑得越快，那些光線漂流得越遠。他的雙腳毫無知覺地移動著，彷彿不能帶他到任何地方。那股黑色的潮水像是要把他推回到母親的身邊，一刻不停地阻止著他進入自責和悲痛的世界。

47　上升的一切必將匯合

格林利夫

梅太太臥室的窗戶低矮，面朝東。那頭在月光下呈銀色的公牛站在窗下，昂著頭，彷彿在傾聽著房間裡的動靜——就像下凡來耐心地追求她的一位神祇。窗戶裡黑漆漆的，而她的呼吸聲太過輕盈，無法傳到外面。掠過月亮的雲讓牛變黑了，牠在黑暗中撕扯樹籬。雲過去了，牠又在原地顯現，慢條斯理地咀嚼著，被牠扯掉的樹籬枝條掛在牛角尖上，宛如桂冠。

當月亮再度漂流著隱退時，除了慢條斯理的咀嚼聲，無從得知牠的所在。然後，一片粉紅色的光輝突然盈滿視窗。百葉窗裂開時，一條條光線從牠身上滑過。牠後退一步，低下頭，像是要展示牠兩隻角上的花冠。

有將近一分鐘，房裡悄無聲息。當牠再度抬起加冕過的腦袋時，一個女人發自喉間的聲音像對狗講話般地說：「滾開吧，先生！」那個聲音又立刻嘟囔道：「不知道是哪個黑鬼的低等牛！」

那頭牲口刨著地面。前傾著站在百葉窗後面的梅太太迅速地拉上窗簾，免得牠受光線的吸引，衝進灌木叢裡。她依然前傾著身體，等了一會兒。睡袍鬆垮垮地掛在她窄窄的雙肩上，綠色橡膠髮捲整齊地分布在前額，髮夾下的臉光滑得如同混凝土表面，上面塗著可以在睡眠中撫平皺紋的蛋白糊。

方才在睡夢中，她聽到了一種從容而又有節奏的咀嚼聲，彷彿某個東西正啃食這棟房子的一堵牆。她知道，不管那是什麼，只要這個地方還是她的，牠就會不停地吃下去，從房子前面的籬笆開始，接著以同樣從容的節奏，繼續平靜地吃她的房子，吃她和兒子們，然後吃掉除了格林利夫氏之外的所有東西。

牠吃啊吃，吃掉一切，直到除了格林利夫氏什麼也不剩下，格林利夫一家站在曾是她的產業中央一座完全歸他們所有的小島上。在那個東西就要咬到她的胳膊時，她跳了起來，繼而發現自己完全醒了，正站在房間的中央。她當即就分辨出了那個聲音：一頭牛正在撕扯她窗戶下方的灌木叢。格林利夫先生肯定沒關上車道門，而且她毫不懷疑，她的草坪上有一整群畜生。她擰開微弱的粉紅色檯燈，走到窗邊，打開百葉窗。那頭瘦削的長腿公牛正站在離她大約一公尺的地方，平靜地咀嚼著，就像一個粗魯的鄉巴佬求婚者。

瞇眼狠狠地望著牠時，她想到，十五年來，她讓這些不長進的人的豬拔走她的燕麥，讓他們的騾子在她的草坪上打滾，讓他們的下等牛搞她的乳牛。如果現在不把這頭牛圈起來，牠將翻過柵欄，在天亮前毀了她的牲口，而格林利夫先生卻在一公里外的佃戶房裡呼呼大睡。她除了穿上衣服，開車去叫醒他，沒有其他辦法能找他來。他會來，但他的表情、姿勢和每一次停頓都似乎在說：「照我看，那兩個小子不該讓老媽媽深更半夜這樣開車出來。要是我兒子，他們會自己把牛圈起來的。」

公牛低下頭晃了晃，花冠滑落牛角根部，看起來就像一頂威風凜凜的帶刺皇冠。這時她已關上百葉窗，過了一會兒，她聽見牠踏著沉重步伐走開了。

格林利夫先生會說：「要是我兒子，他們肯定不會讓自己的老媽媽深更半夜到外面找佃戶幫忙。他們會自己弄好的。」

幾經思量後，她決定不去打擾格林利夫先生。她回到床上，想著如果格林利夫家的兒子們將來會有出息，那也是因為在沒有人要他們的父親時，她給了他一份工作。她雇用格林利夫先生十五年了，其他人可連五分鐘都不願用他。光是他靠近某件東西時的那副模樣，就足以讓所有長眼睛的人看出他是個什麼樣的工人了。

他高聳起肩膀，躡手躡腳地走路，而且似乎永遠不曾徑直朝前。他走在一個看不見的圓的邊緣上，如果想看到他的臉，你得走到他的前面去。她還沒有解雇他，只是因為她總懷疑自己並不能做得更好。他太懶了，甚至無法找到另一份工作；他不會偷雞摸狗，而在她三催四請後，他也終究會把事情做了的；但直到請獸醫為時已晚時，他才會告訴她哪頭乳牛病了；而如果牲口棚著火了，他會先喊自己的老婆去看看火勢大小，然後才把牲口趕出來。至於那個老婆，梅太太甚至不願想起她。和他老婆比，格林利夫先生算得上是個貴族。

「要是我的兒子，」他會說，「就是砍了自己的右胳膊，他們也不會讓自己的老媽媽去……」

「如果你的兒子還有自尊的話，格林利夫先生，」她有一天會對他說，「有很多他們不會讓自己的母親去做的事情。」

翌日早晨，格林利夫先生一到後門口，她就告訴他，這裡有一頭走失的公牛，她希望他立刻把牛圈起來。

「牠在這裡三天了。」他對著身前微微外翻的右腳說，好像想要看看鞋底。她向廚房門外探出身體，看見他就站在後門口三級台階下面。她是個矮小的女人，有著一雙近視的淺色眼睛，灰色的頭髮就像一隻心煩意亂的鳥兒頭上的羽毛，聳立在她的腦袋上。

「三天！」她用壓抑的尖叫聲說，以這種聲音說話已然成了她的習慣。

格林利夫先生的目光越過近處的牧場，望向遠方，然後從襯衫口袋裡掏出一包菸，倒出一根在手裡。他把菸盒放回去，站著看了那根菸一會兒。

「我把牠關在公牛圈裡，但牠跑出來了。」他又說：「從那以後我就沒看過牠了。」他湊向香菸，點著了火，將頭微微轉向她。他的臉上半部分是斜的，下半部分又窄又長，就像一只粗糙的聖杯。他戴著一頂壓到鼻子處的氈帽，遮蔽了深陷、如狐狸般的眼睛。他的身形毫不起眼。

「格林利夫先生，今早先把那頭牛弄走再去做別的工作。你知道牠會毀了培育計畫的。把牠弄走，圈起來，下次再出現走失的牛，立刻告訴我。你明白了嗎？」

「妳想把牠圈在哪兒呢？」格林利夫先生問。

「我不管你把牠圈在哪兒，」她說，「你應該自己拿點主意。把牠圈在牠跑不出來的地方。牠是誰的牛？」

格林利夫先生猶豫著要不要開口，然後往左看。

「牠肯定是哪個人的牛。」過了一會兒，他說。

「是啊，牠肯定是的！」她說，然後恰到好處地輕輕摔上門。

她走進飯廳，在桌首椅子的邊緣上坐下來，她的兩個兒子正在吃早餐。她從不吃早餐，但她陪他們坐著，看他們吃掉想吃的東西。「老實講！」她說，談論起那頭牛。她模仿格林利夫先生的口氣說：「牠肯定是**哪個人**的牛。」

衛斯理仍在看他盤子旁邊那份疊起的報紙，但斯科菲爾德會不時停下手中的刀叉，看看她，笑一笑。這兩個兒子對同一件事的反應從來都不同。就像她說的，他們就像白天和黑夜那樣迥然不同。他們唯一的共通之處就是誰也不關心這裡發生的事。斯科菲爾德是商人類型的人，衛斯理則是個知識分子。

老二衛斯理七歲時得過風溼熱，梅太太覺得正是這件事導致他成了知識分子。斯科菲爾德是個保險推銷員，一生中沒生過一天的病。如果他賣其他更好的險種，她倒不會在意，但他賣的是只有黑仔才會買的保險。他就是被黑仔稱為「保險人」的那種人。他說黑鬼保險比其他任何一種保險都賺錢，在賓客面前他會更肆無忌憚，他會叫喊說：「媽媽不喜歡我這樣說，但我的確是這個郡最棒的黑仔保險推銷員！」

斯科菲爾德三十六歲，有著一張令人愉快的笑臉，但他還沒結婚。「是啊。」梅太太會說，「可如果你賣體面的保險，就會有好女孩願意嫁給你。有哪個女孩會嫁給一個黑鬼保險推銷員呢？你總有一天會醒悟的，但到時就為時已晚了。」

聽到這樣的話，斯科菲爾德就會怪腔怪調地叫道：「怎麼了，媽媽。我要等妳死了再結婚，到時候我要娶個胖胖的好村姑，讓她接管這裡！」有一次，他補充道：「像格林利夫太太那樣的好女士。」

他說完這句話時，梅太太從椅子裡站起來，背挺得就像草耙柄，走向自己的房間。她在床沿上坐了一會兒，那張小小的臉耷拉著，最後，她低聲說：「我做牛做馬，掙扎流汗，給他們留下了這麼個地方，而我一死，他們就把廢物娶進來，把一切都給毀了。他們會娶廢物，把我掙下的一切都給毀了。」就在那一刻她決定更改遺囑。第二天，她去見律師，把產業弄成限定繼承，這樣一來，結婚後他們不能把產業留給妻子。

一想到他們其中一個可能會娶一個哪怕只和格林利夫太太有一丁

點相像的女人，就足以讓她覺得噁心了。她已經容忍了格林利夫先生十五年，而她忍受他妻子的唯一辦法就是完全不讓她進入自己的視線。格林利夫太太體型龐大，一身贅肉，她家院子看起來就像垃圾場。她的五個女兒總是髒兮兮的，就連最小的都在嗅鼻菸。她把全部時間都花在她所謂的「禱告療法」上面，而不是建個花園或洗洗他們一家人的衣服。

她每天都要把報紙上那些病態的報導剪下來——關於女子遭到強暴、罪犯逃脫、小孩被燒死、火車損毀、飛機失事和電影明星離婚的消息。她把紙片帶到樹林裡，挖坑埋掉，然後倒在地下的紙片上，嘟囔、呻吟大約一個小時，同時前後滑動身體下面那兩條巨型手臂，最後直挺挺地躺在地上。梅太太懷疑她打算在泥土裡睡覺。

直到和格林利夫一家打了幾個月交道後，她才發現這件事。某天早晨，她出去勘查一塊地。原本她想在那塊地上種黑麥，但長出來的卻是苜蓿，因為格林利夫先生往播種機裡放錯了種子。她從分割兩塊牧場的一條小路上返回，一邊嘟囔著自言自語，一邊用她隨身的防蛇長棍，有節奏地戳著地面。

「格林利夫先生，」她低聲說，「我承擔不起你的錯誤。我是個窮女人，我只有這片產業。我有兩個兒子要受教育，我不能……」

一種好像自喉嚨發出的痛苦呻吟從某處傳來：「耶穌啊！耶穌啊！」隨即又是極度急切的呻吟聲：「耶穌啊！耶穌啊！」

梅太太停下，一隻手按在喉嚨上。那個聲音如此尖利，以致她覺得一種狂暴的力量擺脫了束縛，破土而出，正朝她猛衝過來。她接下來的想法理智一些：有人在她的產業上受了傷，這個人會把她擁有的一切都訛走，她沒買保險。她向前飛奔，轉上小路上一個拐彎處時，只見格林利夫太太雙手、雙膝大張，頭朝下趴在路邊。

「格林利夫太太！」她尖聲叫道，「出什麼事了？」

格林利夫太太抬起頭，她的臉上滿是斑駁的泥土和淚痕。她那雙紫花豌豆顏色的小眼睛紅了一圈，腫了起來，但她的神情鎮定自若，就像是一條鬥牛犬。她雙手和雙膝著地，前後挪動，呻吟著。「耶穌啊，耶穌。」

梅太太往後退了退。她認為耶穌一詞應該被保留在教堂裡，就像有些字不能出臥室一樣。她自認是個好的女基督徒，對宗教頗為虔敬，儘管她當然不會相信宗教裡的一切都是真的。「妳怎麼了？」她生硬地問。

「妳打斷我治療了。」格林利夫太太說著，揮了揮手讓她站到一邊。「我結束後才能和妳說話。」

梅太太站著，身體前傾，睜大眼看著。她把棍子提離地面，彷彿無法確定自己想要用它打什麼。

「噢，耶穌啊，戳我的心吧！」格林利夫太太尖叫道，「耶穌，戳我的心！」然後她直挺挺地仰躺在泥土裡，就像一座巨大的人體土墩。她的腿和胳膊伸了出來，好像她想要用泥土蓋住四肢似的。

猶如被小孩冒犯了，梅太太覺得憤怒而又無奈。「耶穌，」她說著，一邊往後退，「會以妳為恥。祂會叫妳立刻爬起來，去洗妳孩子的衣服！」她轉過身，以最快的速度走開了。

一想到格林利夫的兒子們將出人頭地，她總是會想到四仰八叉、不知羞恥地躺在地上的格林利夫太太，然後對自己說：「嗯，不管他們走多遠，他們**來自**那裡。」

她真想在遺囑裡寫入這樣的內容：她死後，衛斯理和斯科菲爾德不能再繼續雇用格林利夫先生，因為她有對付格林利夫先生的能力，他們沒有。有一次，格林利夫先生告訴她，她的兩個兒子連乾料和青料都分不清。但她告訴他，他們有別的才能，斯科菲爾德是成功的商人，衛斯理是成功的知識分子。格林利夫先生未予置評，但他總是抓住一切機會，透過表情或一些簡單的姿勢讓她明白，他極度看不起他們。雖然格林利夫家地位卑下，但格林利夫先生從來都會毫不遲疑地讓她知道，如果他的兩個兒子能夠生活在她兒子那樣的環境裡，他們——O.T.和E.T.格林利夫——肯定會混得更好。

格林利夫家的兩個兒子比梅家的兩個兒子小兩三歲。他們是雙胞胎，和他們其中一個說話時，你永遠都不知道站在面前的是O.T.還是E.T.，而他們也根本就沒有向你禮貌說明的意思。他們的長腿，骨瘦如柴，紅皮膚，明亮貪婪的狐狸色眼睛和他們父親的一模一樣。從知道太太懷了雙胞胎起，他就以他們為傲。他表現得，她說，好像這是他們自己想出來的一個聰明主意似的。他們精力充沛，幹活勤奮，而她不吝承認，他們已經進步了一大截，這是拜第二次世界大戰所賜。

他們都參了軍，於是在制服的偽裝下，他們和別人家的孩子沒什麼兩樣了。自然，當他們張嘴說話時，你就能分辨出來，但他們很少開口。他們做過最聰明的事情就是被派到海外，繼而娶了法國妻子。他們娶的還都不是法國廢物，而是好女孩，她們自然不知道這對雙胞胎糟蹋了標準英語，也不知道格林利夫氏的底細。

因為心臟有毛病，衛斯理不能為國效力，但斯科菲爾德在軍隊裡待了兩年。他無心軍旅，所以退伍時只是個上等兵。格林利夫家的兩個兒子都是中士什麼的，在那些日子裡，格林利夫先生不放過任何一個提到他們軍銜的機會。他們都設法負了傷，所以都有撫恤金可領。

而且，一退伍他們就利用一切社福條件，上了大學的農學院，在那段時間裡，納稅人幫他們養法國老婆。

他們兩個如今住在公路往下走大約三公里的地方，那塊地是在政府的資助下買的，那兩棟聯式磚造平房也是政府援建和付款的。如果說戰爭造就了誰，梅太太說，那就是格林利夫家的兒子們。他們各有三個小孩，這些小孩說格林利夫家的英語和法語。而由於母親的背景，他們會被送到教會學校，培養成懂規矩的人。「你們知道，再過二十年，」梅太太問斯科菲爾德和衛斯理，「這些人會變成什麼樣子嗎？」

「**上流階層**。」她抑鬱地說。

她和格林利夫先生打了十五年的交道，到如今，應付他已成為她的第二天性。某些日子裡，他的情緒如同天氣一般，是她能否做什麼的決定因素。她已經學會如何讀他的神情，就像真正的鄉下人懂得日出和日落那樣。

她是靠著信念成為農婦的。已故的梅先生是個商人，他在地價下跌時買了這裡，他死時，這是他留下的唯一財產。兒子們不願意搬到鄉下的破敗農場來，但她別無他法。她賣掉這裡的樹，用進款做起了酪農業。格林利夫先生應徵了她的廣告。「我看到妳的廠（廣）告了，我和兩個兒子馬上到。」他的信裡只寫了這些，但他翌日就開著一輛七拼八湊的卡車抵達了。他的妻子和五個女兒坐在車斗裡，他和兩個兒子坐在駕駛座裡。

在她的地方待了這麼些年，格林利夫先生和太太幾乎一點也沒顯老。他們無憂無慮，無債一身輕。就像田野裡的百合花，吸走了她辛辛苦苦放進地裡的營養，等她因為過度勞累和擔憂而撒手人寰時，健健康康又興旺蓬勃的格林利夫家會接著吸斯科菲爾德和衛斯理的血。

衛斯理說格林利夫太太不顯老的原因，是她把所有的情感都釋放在「祈禱療法」裡了。「妳應該開始祈禱，親愛的。」他用格林利夫太太的口氣說。可憐的孩子，他忍不住想要有意地無禮一下。

斯科菲爾德只會讓她憤怒得難以忍受，但真正令她擔憂的是衛斯理。他削瘦、緊張、禿頂，身為知識分子，對他的情緒是一種可怕的壓力。她懷疑他要在她死後才結婚，但她敢肯定，到時候他會被一個壞女人俘獲。好女孩不喜歡斯科菲爾德，但衛斯理不喜歡好女孩。他什麼都不喜歡。他每天驅車三十公里到他任教的大學，晚上再驅車三十公里回來，但他討厭這三十公里的車程，討厭那所二流大學，討厭大學的那些低能兒。他討厭這個國家，討厭自己的生活，他討厭和母親、白痴兄弟一起生活，他討厭聽到關於該死的酪農場、該死的雇工和該死的故障機器的事。但儘管說過這些話，他卻從不曾為離開採取過任何行動。他談論巴黎和羅馬，但甚至連亞特蘭大都沒去過。

「去那些地方你會生病的，」梅太太會說，「在巴黎，有誰會知道你吃無鹽食品？你覺得，如果你娶個古怪的女人，把她帶到那裡，她會為你做無鹽飯菜嗎？肯定不會，她不會的！」她說這些話的時候，衛斯理會在椅子裡粗魯地轉過身，不理會她。有一次，她多說了幾句，他咆哮道：「那麼，妳為什麼不做點實在的事呢，女人？妳為什麼不像格林利夫太太那樣，為我祈禱呢？」

「我不喜歡聽你們兩個拿宗教開玩笑，」她說，「要是你們上教堂的話，一定會遇上好女孩的。」

但他們充耳不聞。現在，她看著他倆坐在桌子兩端，對一頭走失的牛是否會毀了她的牛群毫不關心，而那可是他們的牛，他們的未來。她看著他倆：一個弓腰看報，另一個仰身躺在椅子裡，像個傻瓜似的衝她咧嘴笑著。她想跳起來擂打桌子，大叫：「總有一天你們會發現，你們會發現什麼是**現實**，到時候就晚了！」

「媽媽，」斯科菲爾德說，「妳先別激動，我告訴妳那是誰的牛。」他調皮地看著她。他讓椅子向前倒，站了起來，彎起胳膊舉起手遮住臉，踮著腳尖朝門口走去。他來到走道，拉開門，讓門遮住全身，只露出一張臉。「妳想知道嗎，寶貝？」他問。

梅太太冷冷地看著他。

「那是O.T.和E.T.的牛，」他說，「我昨天從他們的黑鬼那裡聽來的。他對我說，他們丟了頭牛。」他咧嘴對著她，接著便悄無聲息地消失了。

衛斯理抬頭大笑。

梅太太又把頭轉向前面，她的表情依然如故。「我是這裡唯一的成年人。」她說。她身體向桌子一傾，從他的盤子旁邊抽走報紙。「你們知道等我死後會發生什麼事嗎？你們知道怎麼對付他嗎？」她開始了。「你知道他為什麼不知道那是誰的牛了嗎？因為那是他們自己的。你知道我必須忍受什麼嗎？你知道這些年要不是我用腳踩著他的脖子，你們兩個可能得每天清晨四點鐘擠牛奶嗎？」

衛斯理把報紙拉回餐盤旁邊。注視著她，低聲說：「我不會為了把妳的靈魂從地獄中拯救出來而擠牛奶的。」

「我知道你不會。」她用尖利的聲音說。她坐下來，快速地在盤子旁邊翻轉餐刀。「O.T.和E.T.是好孩子，」她說，「他們應該是我的兒子。」這一想法如此可怕，以致一道淚水之牆立刻模糊了她視野裡的衛斯理。她只能看見他黑黑的輪廓從桌邊快速地站起身來。「而你們兩個，」她叫喊道，「你們兩個應該屬於那個女人！」

他朝門走去。

「我不知道等我死了之後，」她用微弱的聲音說，「你們會變成什麼樣子。」

「你總是嚷嚷著等妳死了！」他邊往外衝邊吼道，「但我覺得妳看起來健康得很。」

她在原處坐了一會兒，直視前方，目光穿過房間另一邊的窗戶，看著一幅灰綠色的景象。她讓臉和脖子上的肌肉放鬆下來，深深地吸了一口氣，但面前的景象流聚成了模糊的一團灰。「他們用不著認為我很快就會死。」她喃喃道。但在她的心裡，一種更具挑釁意味的聲音補充說：我要在健康和準備妥當的時候死。

她用餐巾擦了擦眼睛，站起身來走到窗戶旁邊，盯著面前的景象。乳牛群在路那邊兩塊淡綠色的牧場上吃草，在牠們後面，一道黑色的樹木牆圍住牠們，銳利的鋸齒邊緣遮蔽了淡漠的天空，兩塊牧場足以讓她平靜。

從房子任何一扇窗戶望出去，她看到的都是自己性格的映射。她城裡的朋友說，她是他們所認識的最了不起的女人，在幾乎身無分文、毫無經驗的情況下，離開城市去了一座破敗衰落的農場，並且成功了。

「一切都和你作對。」她會說，「天氣和你作對，泥土和你作對，雇工和你作對，所有一切聯合起來和你作對。除了鐵腕，沒有其他辦法！」

「看看媽媽的鐵腕！」斯科菲爾德會叫喊並抓住她的手臂舉起來。於是她那青筋暴露的纖弱小手如同被折下的百合花朵一樣，在手腕上方晃蕩。賓客們總是哈哈大笑。

太陽在吃著草的黑白色乳牛上方移動，只比天空的其餘部分明亮一點。向下看時，她發現了可能是太陽在某個角度投下的影子的一個較暗輪廓，正在乳牛間移動。她尖利地叫了一聲，繼而轉身大步走出房子。

格林利夫先生正在青貯壕[6]裡裝填手推車。她站在青貯壕邊上，向下看著他。「我叫你抓住那頭牛的，牠現在在乳牛群裡。」

「我沒有三頭六臂。」格林利夫先生說。

「我告訴過你先做這件事。」

他把手推車推出壕溝開口，朝著牲口棚走去，她緊跟在後面。

「你不要以為，格林利夫先生，」她說，「我不知道那究竟是誰的牛，還有你為什麼不趕緊通知我牠在這裡，我可以一直養著O.T.和E.T.的牛，直到牠毀了我的牛群。」

推著車的格林利夫先生停下來，看向身後。「是他們倆的牛？」他用不相信的腔調說。

她一言不發，只是緊抿著嘴看向別處。

「他們告訴我說牛跑了，但我壓根兒沒想到就是那頭牛。」他說。

「我希望那頭牛現在就被圈起來。」她說。「我會開車到O.T.和E.T.家，告訴他們今天得把牠弄走。我認為牠待在這裡的這段時間應該收費，這樣就不會再發生同樣的事情了。」

「他們買牠也不過花了七十五美元。」格林利夫先生出價了。

「送給我我也不要。」她說。

---

6 大型壕溝式青料貯存設施。

「他們只是打算拿牠殺了吃肉。」格林利夫先生繼續道，「但牠掙脫了，一頭撞上了他們的小卡車。牠不喜歡汽車和卡車。他們費了好大功夫才把牠的角從擋泥板裡弄出來，他們一鬆開，牠又跑了。他們太累，懶得追牠，但我壓根兒沒想到就是那頭牛。」

「這不是你的職責嘛，格林利夫先生。」她說，「但你現在知道了。找匹馬，抓住牠。」

半小時後，她透過前窗看到了那頭牛，松鼠色，臀部突起，淺色的長角。牠正在穿過屋前的土路緩步走著。格林利夫先生騎在馬上，跟在後面。「這是我頭一次看到格林利夫家的牛。」她低聲說。她走出去，來到門廊下，叫喊道：「把牠圈在牠跑不出來的地方。」

「牠喜歡掙脫繩索，」格林利夫先生說，同時讚許地看著牛的臀部，「這位先生是個運動員。」

「如果那兩個孩子不來弄走牠，牠會變成一個死運動員，」她說，「我只是在警告你。」

他聽到了她的話，但沒作答。

「牠是我見過的最難看的牛。」她叫喊道。但他已經走了很遠，聽不到了。

上午十點左右，她拐上O.T.和E.T.家的車道。嶄新的紅磚房是那種貼近地面的建築，看起來就像帶窗戶的倉庫，坐落在一座光禿禿的小山頭上。陽光直射下來，跳動在白色屋頂上。這是現在時興的建築，除了那三條狗，沒有任何東西表明這是格林利夫家的財產。

她剛停下車，那三條由獵犬和狐狸狗混種的狗就從房子後面衝了出來。她想到，總是能夠根據狗的等級來判定人的等級，然後她按了幾下喇叭。坐著等待時，她繼續審視房子。所有的窗戶都拉了下來，她尋思著政府是不是給這玩意兒裝了空調。沒有人出來，她又按了按喇叭。這時，一扇門打開了，幾個孩子出現在門裡。他們站在那裡看著她，沒有往前走的意思。她想到這是真正的格林利夫氏的特點——他們可以杵在門裡，一連看你幾個小時。

「你們有人能過來一下嗎？」她叫喊道。

過了片刻，他們全都慢慢地朝前移動。他們穿著工作褲，赤著腳，但沒有她想像中那麼髒。有兩三個看起來非常像格林利夫氏，其他就沒那麼像了。最小的是個長著凌亂黑髮的女孩。他們在離車大約十公尺處停下，站著看她。

「妳很漂亮嘛。」梅太太對最小的女孩說。

沒有回應，他們那種無動於衷的表情幾乎一模一樣。

「你們的媽媽呢？」她問。

對於這個問題，一時間也沒有回答。然後，其中一個用法語說了什麼。梅太太聽不懂法語。

「你們的爸爸呢？」她問。

過了一會兒，一個男孩說：「他也不在則（這）裡。」

「啊……」梅太太說，彷彿證明了某件事情似的。「那個有色人雇工在哪兒？」

她等著，繼而斷定沒人打算回答她。「大舌頭，」她說，「你們願意跟我回家，讓我教你們怎麼說話嗎？」她哈哈大笑，但她的笑聲消逝在沉默的空氣裡。她覺得正面對著格林利夫氏陪審團，接受畢生的審判。「我要開下去，看看能不能找到他。」她說。

「如果妳想去的話就去好了。」一個男孩說。

「哦，謝謝你。」她嘟囔一聲，開車走了。

牲口棚在房子延伸出來的車道下面。她以前沒見過，但格林利夫先生曾詳細描述過，它是按照最新規格建造的。那是擠乳室格局，在那裡，可以從下面給乳牛擠乳，牛奶會通過管子，從機器流到集乳間。再也不需要用桶傳送了，格林利夫先生說，不需要人動手。「妳什麼時候弄一個？」他問。

「格林利夫先生，我必須親力親為。政府可沒從頭到腳援助我。蓋個擠乳室會花掉兩萬美元，而我現在只能勉強讓收支平衡。」

「我的兒子蓋了，」格林利夫先生嘟囔道，然後說：「但並不是所有的兒子都一樣。」

「的確不一樣！」她說，「為此我感謝上帝！」

「我感謝桑（上）帝賜給我那麼多東西。」格林利夫先生慢吞吞地說。

你該感謝，在隨之而來的難堪沉默裡她想道，你從來沒靠自己的力量做過什麼。

她在牲口棚旁邊停下車，按了按喇叭，但沒人出來。她在車裡坐了幾分鐘，觀察四周的各種機器，尋思有哪些是買來的。他們有一台牧草收割機，一台乾草旋轉打包機。這兩樣她也有。她決定，既然沒有人，她要下車看看擠乳室，看他們有否打掃乾淨。

她打開擠乳室的門，把頭伸進去。看了第一眼，她覺得快要喘不過氣了。陽光從排列在兩面牆上、齊人高的一排窗戶外照射進來，布滿潔白無瑕的水泥房間裡。金屬立柱閃爍出強光，她必須瞇著眼睛才能看清全部東西。她快速地縮回腦袋，關上門，倚在門上，皺起了眉。外面的光線沒那麼明亮，但她覺得太陽就在頭頂上方，如同一顆即將掉進她腦袋裡的銀子彈。

一個提著黃色牛犢料桶的黑仔出現在機器棚拐角處，朝她走來。他是個皮膚呈淺黃色的男孩，穿著格林利夫雙胞胎的舊軍裝。他在合適的距離外停下，把桶子放在地上。

「O.T.先生和E.T.先生在哪兒？」她問。

「O.T.先生兒在城裡，E.T.先生兒在那邊地裡。」黑仔說。他先是指指左邊繼而又指指右邊，就像是在說兩顆行星的位置。

「你記得住口信嗎？」她帶著懷疑神情問道。

「也許記得住，也許記不住。」他略微不悅地說。

「好，那我寫下來。」她說。她鑽進汽車，從小筆記本裡拿出一截鉛筆，在一只空信封的背面寫字。黑仔走了過來，站在車窗旁邊。

「我是梅太太。」她邊說邊寫，「他們的牛在我的農場裡，我希望牠今天就消失。你可以告訴他們，我對此感到很憤怒。」

「那頭牛星七（期）六就跑了，」黑仔說，「後來俺們誰也沒看到牠。俺們不知道牠在哪兒。」

「那麼，你現在知道了，」她說，「你可以告訴O.T.先生和E.T.先生，如果他們今天不來弄走，我明天早上要做的第一件事就是讓他們的老爹打死牠。我不能讓那頭牛毀了我的牛群。」她把便條交給他。

「我想O.T.先生兒和E.T.先生兒，」他一邊接便條一邊說，「會說，妳儘管弄死牠吧。牠弄壞俺們一輛卡車了，俺們高興看到牠被弄死。」

她把頭縮回來，瞇著眼看了他一眼。「他們指望讓我花時間，用我的工人打死他們的牛嗎？」她問。「他們不想要牠了，就任牠掙脫，再指望別人殺了牠？牠正在吃我的燕麥，毀我的牛群，還有人指望著我去打死牠？」

「我敢說是這樣的。」他輕聲說，「牠已經弄壞了……」

她狠狠地看了他一眼，說：「呵，我不驚訝。有些人就是這樣。」過了一秒鐘，她問道：「誰是老闆，O.T.先生還是E.T.先生？」她一直懷疑他們暗地裡爭鬧不休。

「他們從來不超（吵）架，」男孩說，「他們就像長在兩張皮裡的一個人。」

「哼，我想你只是從來沒聽到他們吵。」

「別的人也沒聽見。」他看著別處說，彷彿這種傲慢是表現給另外一個人看的。

「呵呵，」她說，「我和他們的父親打了十五年的交道，可不是對格林利夫家的事一無所知。」

黑仔認出了她，兩眼放光地看著她。「你就是我的保險人的母親吧？」他問。

「我不認識你的保險人，」她生硬地說，「你把便條給他們，告訴他們，如果他們今天不來弄走那頭牛，就等於是讓他們的父親明天打死牠。」便開車走了。

她整個下午都待在家裡，等著格林利夫雙胞胎來弄走那頭牛，但他們沒來。我還真等於是在替他們幹活呢，她憤怒地想道。他們打算最大限度地利用我。為了替兩個兒子著想，讓他們明白O.T.和E.T.究竟會幹出什麼事，吃晚飯時，她又嘮叨起這件事來。「他們不想要那頭牛。」她說，「把奶油遞給我，就乾脆不管牠了，讓其他人替他們煩心該如何處理掉牠。你們說有這種事嗎？我是受害者，我一直都是受害者。」

「把奶油遞給受害者。」衛斯理說。他的心情比平時更糟，因為從大學回家的路上，他有個輪胎爆了。

斯科菲爾德把奶油遞給她，說：「怎麼了，媽媽，打死一頭什麼也沒做，只是在妳的牛群裡留下一點下等種子的老牛，妳不覺得羞愧嗎？我宣布，」他說，「擁有這樣的媽媽，而我卻長成這樣優秀的兒子，真是個奇蹟！」

「孩子，你不是她的兒子。」衛斯理說。

她在椅子裡後仰，指尖放在桌子的邊緣上。

「我只知道，」斯科菲爾德說，「我明白自己是從哪裡來的，但我還是變得這麼好。」

逗弄她的時候，他們說格林利夫家式英語，但說這種語言的時候，衛斯理的那種特別的腔調就像刀刃一樣銳利。「哎哥，讓我告訴你一件西（事）情，」他說，身體傾向桌子，「但凡有半個腦袋，你早該知道我要說什麼了。」

「怎麼說，弟？」斯科菲爾德說，他的寬臉龐對著對面乾縮的窄臉咧嘴而笑。

「我說的是，」衛斯理說，「你和我都不是她的兒子……」但他陡然停下了，因為他母親就像一匹出其不意受到鞭打的老馬，發出沙啞的喘息聲。她暴跳起來，跑出飯廳。

「噢，看在上帝的分上，」衛斯理咆哮道，「你為什麼要挑釁惹她？」

「根本不是我挑釁，」斯科菲爾德說，「是你。」

「哈。」

「她可不年輕了，受不了這個。」

「她只會發火。」衛斯理說，「受害的總是我。」

他哥哥愉快的面容變了，於是，家族成員醜陋的相似之處出現在他們身上。「誰也不會為你這樣一個惡劣的混蛋感到難過。」他說，然後手伸過桌子，抓住衛斯理的襯衫前襟。

她在自己的房間裡聽見了盤子的破碎聲，便跑著穿過廚房，回到飯廳。這時，過道門打開了，斯科菲爾德正要出門。衛斯理則像一隻大蟲朝天躺著，傾倒的桌子邊緣砸在他身體中間，破碎的盤子散布在他身上。她把桌子拖開，抓住他的胳膊，想拉他站起來。他吃力地爬起來，猛地推開她，急衝出門去追哥哥。

她原本會跌倒，但後門傳來的敲門聲令她站直，轉過身來。她的目光越過廚房和後門廳，看見格林利夫先生正透過紗網熱切地朝內張望著。她的全部應變能力都回來了，彷彿需要受到魔鬼挑釁，她才能重獲這一切。「我聽到砰的一聲。」他叫喊說。「以為是泥灰塊掉在妳身上了。」

需要他的時候，得有人騎著馬才能找到他。她穿過廚房和門廳，站在紗門裡說：「沒有，沒什麼事，就是桌子翻了。有條桌腿不牢靠。」接著並未停頓地繼續說道，「兩個孩子今天沒來弄走那頭牛，明天你只好打死牠了。」

細細的紅紫條交叉在天空中，後面，太陽正慢慢地下沉，彷彿是在下一架梯子。格林利夫先生在台階蹲下，背對著她，他的帽頂和她的腳在同一水平上。「我明天替妳把牠趕回去。」他說。

「噢，不行啊，格林利夫先生。」她語帶嘲弄，「你明天開車把牠送回家，但下週牠又會回到這裡來。我知道這樣不行。」她以悲痛的腔調說：「我很吃驚，O.T.和E.T.竟然這樣對待我。我原以為他們會有感恩之心。那兩個孩子在這裡度過了一段非常快樂的日子，是不是啊，格林利夫先生？」

格林利夫先生沒吭聲。

「我覺得是的。」她說，「我覺得是的。但他們現在把我為他們做過的所有美好的小事全都給忘了。我還記得他們穿我兒子的舊衣服，玩我兒子的舊玩具，用我兒子的舊槍打獵。他們在我的池塘裡游泳，打我的鳥，在我的小溪裡釣魚。我從不曾忘記過他們的生日，而且，要是我沒記錯的話，我幫他們過了很多個聖誕節。但他們現在還記得任何一件事嗎？」她問。「**沒有**……」她自問自答。

她看了消逝中的太陽一會兒，格林利夫先生端詳著兩隻手掌。

彷彿突然想到一般，她問：「你知道他們不來弄走那頭牛的真正原因嗎？」

「不，我不知道。」格林利夫先生粗聲粗氣地說。

「他們沒來是因為我是個女人。」她說，「和女人打交道，你可以逃避任何懲罰。如果有個男人管理這裡……」

迅疾如發動進攻的蛇一般，格林利夫先生立刻說：「妳有兩個兒子。他們知道這裡有兩個男人。」

太陽消失在樹木線後方。她俯視著上抬的那張黝黑狡猾的臉，看著那雙在帽簷陰影裡閃閃發亮的眼睛。她等了足夠久的時間，讓他明白她受到了傷害，然後說：「有些人很慢才學會感恩，格林利夫先生，但有些人永遠都學不會。」接著，她轉過身，留他獨自一人坐在台階上。

半夜，在睡夢中，她聽見一種聲音，好像一塊大石在她腦殼上研磨，想要磨出一個洞。她在那堵牆裡不停地走，走在綿延起伏的美麗小丘上，用拐杖小心翼翼地探著路。過了一會兒，她想到，那是太陽想要燒穿樹木線發出的聲音。於是她停下來觀察。理智告訴她，它辦不到，它只能像往常那樣沉到她的產業外面去。她剛停下時，它是個腫脹的紅球，當她站著觀察時，它開始縮小變淡，直至看起來像一顆子彈。然後，突然間，它穿過樹木線，沿著小山朝她疾馳而來。她捂著嘴驚醒了。她耳朵裡響起熟悉的聲音，雖然比上次微弱，但依然清晰——是那頭牛在窗戶下大聲咀嚼。格林利夫先生讓牠跑出來了。

她下了床，在黑暗中朝窗戶走去，透過百葉窗看向外面，但那頭牛已經從樹籬旁走開，所以一開始她並未看到牠。然後她看見一個龐大的形體駐足在較遠處，彷彿正在觀察她。這是我最後一晚忍受這個了，她說。她觀察著，直到鐵色的陰影在黑暗中走遠。

翌日早晨，她等到十一點整。然後她鑽進汽車，驅車到牲口棚。格林利夫先生正在擦洗牛奶罐，他已經把其中七罐立在集乳間外面曬太陽了。兩星期來，她一直叮囑他做這件事。「好了，格林利夫先生。」她說，「去拿槍，我們要打死那頭牛。」

「我以為妳要讓這些罐子……」

「去拿槍，格林利夫先生。」她說，聲音和表情裡未帶任何感情。

「那位先生昨晚從那裡跑出來了。」他以懊悔的腔調低聲說，然後又低頭擦洗他一隻胳膊已伸進裡面的罐子。

「去拿槍，格林利夫先生。」她用得意洋洋而單調的聲音說，「那頭牛在牧場上，和那些不產乳的母牛在一起。我從樓上窗戶看到牠了。我開車帶你到那兒，然後你可以把牠趕到空牧場上，再打死牠。」

他緩慢地把手從罐子裡伸出來。「從沒有人要求過我打死我孩子的牛！」他用響亮刺耳的聲音說。他從後口袋裡掏出一塊抹布，使勁地擦著雙手，然後是鼻子。

彷彿沒聽到這句話，她轉過身，然後說：「我在車裡等你，去拿你的槍。」

她坐在車裡，看著他怒沖沖地走進放槍的馬具房。他進去之後，房裡傳來一陣碰撞聲，好像他踢開了擋著他路的什麼東西。他端著槍離開馬具房，從車後繞過來，用力地打開門，坐到她旁邊的座位上。他用膝蓋夾著槍，直視前方。他更願意打死我，而不是那頭牛，她想道。她別過臉，不讓他看見自己的微笑。

早晨乾燥而潔淨。她開車在樹林裡穿行了半公里，然後視野開闊起來：一條窄路，兩邊是田地。把想法付諸實施所帶來的愉悅令她的感官敏銳起來：鳥兒四處鳴叫，草明亮得幾乎無法直視，天空是一片咄咄逼人的藍。

「春天來了！」她歡快地說。格林利夫先生嘴角高高揚起，彷彿他覺得這是有史以來最愚蠢的一句話。她在第二塊牧場門前停下時，他撞開車門，又猛地關上它。他打開牧場大門，她開車進去。他關上大門，默默地鑽回汽車裡。她沿著牧場邊緣行駛，直到看見那頭牛，牠靠近牧場的中央，身處母牛群中，安詳地吃著草。

「那位先生在等著你呢。」她說，並狡猾地看了格林利夫先生憤怒的側臉一眼。「把牠趕到下一塊牧場裡，在把牠關起來之後，我會在你後面開車進去，我來關門。」

他又衝了出去，這次他故意讓車門開著，這樣她只得朝座位傾過身體來關門。她坐著微笑，看著他穿過牧場，朝另一邊大門走去。他每走一步，似乎都是在把自己向前推，繼而又後退，彷彿他正在召喚一種力量來見證他是被迫的。

「哎，」她大聲說，就好像他仍在車裡，「是你的兒子讓你做這件事的，格林利夫先生。」O.T.和E.T.現在可能正捧腹笑他。她似乎聽見他們用相同的鼻音在說：「讓老爸替我們打死我們的牛。他肯定會覺得，要打死的是頭好牛呢。打死那頭牛會要了他的命的！」

「如果那兩個孩子對你有一丁點兒關心，格林利夫先生。」她說，「他們會來弄走那頭牛。他們令我吃驚。」

他先是繞著圈子去開大門。那頭黑乎乎的牛身處斑駁的乳牛中，站在原地不動。牠低著頭，一刻不停地吃著草。格林利夫先生打開大門，繞著圈子回來，打算從後面接近那頭牛。到了牠身後大約三公尺處時，他用胳膊拍打身體兩側。牛慵懶地抬起頭，又把頭低下去，繼續吃草。格林利夫先生彎下腰撿起了什麼東西，故意甩動胳膊朝牠扔過去。她覺得那肯定是塊鋒利的石頭，因為牛跳了起來，飛奔起來，直至消失在小丘邊緣。格林利夫先生不慌不忙地跟在後面。

「你不要以為自己趕不上牠！」她叫喊道，然後發動汽車徑直穿過牧場。在坡地上，她得慢慢地開。抵達大門時，格林利夫先生和那頭牛都已不見蹤影。這塊牧場比前一塊小，是綠色的圓形地，幾乎被樹林完全包圍了。她下車關上大門，站在牧場上搜尋格林利夫先生的蹤跡，但他徹底消失不見了。她立刻明白，他的計畫就是在樹林裡跟丟那頭牛。她會看見他出現在那圈樹的某個地方，一瘸一拐地朝她走來。最後，他會走到她身邊，說：「如果妳能在樹林裡找到那位先生，妳就比我厲害。」

她打算說：「格林利夫先生，就算我不得不和你一起走進樹林裡，待整個下午，我們也得找到那頭牛。就算由我扣扳機，你也得打死牠。」看到她這麼鄭重其事，他會返回樹林裡，迅速將牛打死。

她回到車裡，驅車朝著牧場中央行駛。從樹林裡走出來之後，他無須走很遠就能到達她的身邊。此刻，她想像著他坐在樹樁上，用一根棍子在地上畫線條。她決定根據手表，再等整整十分鐘，然後她就按喇叭。她下車走了走，接著在車前的保險桿上坐下，等著並休息。她非常累，後仰著頭，讓頭靠著引擎蓋，閉上了眼睛。她不明白為什麼現在只是上午但她卻這麼累。儘管眼睛閉上了，她還是能夠感覺到頭頂上方那個又紅又熱的太陽。她微微睜開眼，但白色光線迫使她再度閉上眼睛。

她在引擎蓋上仰躺了一會兒，昏昏欲睡，琢磨著自己為什麼會這樣累。她閉著眼睛，把時間想成過去和未來而不是日與夜。她斷定，疲累是因為她一刻不停地工作了十五年。她斷定，自己完全有權利累，完全有權利在再度開始工作之前休息幾分鐘。在任何一種審判席前，她都可以說：「我工作了，我可沒放縱。」就在她回顧自己辛勞的一生時，格林利夫先生可能正在樹林裡遊蕩，格林利夫太太可能正平躺在地上，在她的剪報上睡覺。這幾年，那個女人越來越糟糕了，梅太太相信，她是真的瘋了。「我恐怕你的妻子已經讓宗教給扭曲了。」有一次，她委婉地對格林利夫先生說，「凡事都得適度，你知道嗎？」

「有一回，她治好了一個男人，那人有一半的內臟被蟲子吃掉了。」格林利夫先生說。她轉過身，差一點吐了。可憐的靈魂，她想道，這麼無知。幾秒之後，她睡著了。

她坐起來，看了看手表，發現已經過去了不止十分鐘，但她還沒聽到槍聲。她產生了一個新念頭：或許格林利夫先生用大石塊扔牠，把那頭牛惹火了，於是那頭畜生掉頭朝向他，把他撞向一棵樹，並用角戳了他？這個想法的諷刺意味在加深：O.T.和E.T.會雇一個不擇手段的律師控告她。這是她和格林利夫氏打十五年交道的一個不錯的結局。她幾乎是帶著愉悅的心情想著，彷彿正在給朋友們講一個故事，而故事即將到達完美的結局。然後她又把這個想法丟開了，因為格林利夫先生帶著一把槍，而她已經買了保險。

她決定提醒他。她把手伸進車窗裡，按了三聲長喇叭和兩三聲短的，讓他知道她已經不耐煩了。然後她走回來，又在保險桿上坐下。

幾分鐘後，一個東西從樹林裡跑出來：一個黑色的龐大影子，牠仰頭幾次，然後朝她大步跑過來。過了片刻她才看出是那頭牛。牠以近乎搖擺的歡樂步伐，慢吞吞地跑著穿過牧場，朝她而來，彷彿對於再次見到她感到欣喜若狂。她的目光越過牠，看看格林利夫先生是不是也走出樹林了，但他沒出來。

「牠在這裡，格林利夫先生！」她喊道，然後看向牧場的另一邊，想看看他是不是從那裡走出來了，但他不在視野裡。她回過頭，看見那頭牛低著頭，正朝她奔馳過來。她一動不動，她不害怕，只是感到難以置信的冰冷。她注視著那狂暴的黑色閃電朝自己大步跑過來，彷彿她對距離沒有概念，彷彿她不能立刻斷定牠的意圖。

在她的表情改變之前，那頭牛就像一個狂熱而痛苦的戀人，已經把頭埋在了她的大腿裡。牠的一隻角陷沒在她的身體裡，刺穿了她的心臟，另一隻角沿著她身體的一側彎曲，牢牢地夾住她。她依然直勾勾地注視著前方，但她面前的整幅畫面改變了——樹木線是除了天空別無他物的世界裡的一道黑色傷口，她一副視力突然恢復但發現光線難以忍受的表情。

格林利夫先生舉著槍從一邊朝她奔跑過來，她看到他過來了，儘管她並未朝他所在的方向看。她看見他正在靠近一個看不見的圓圈的外部，樹林在他身後裂開，他的腳下空無一物。他朝牛的一隻眼開了四槍。她沒聽到槍聲，但當那副巨大的身軀倒下去，把她拉向牠的腦袋時，她感覺到了牠的顫抖。於是，當格林利夫先生來到她身邊時，她彷彿俯下了身，正對著牛的耳朵低語她最後的發現。

101　格林利夫

樹林風景

上個星期，瑪麗．福瓊[7]和老頭每天早晨都要去看那台機器把泥土挖出來倒在土堆上。工程在新湖湖邊、老頭賣給那個人的幾塊地中的一塊上進行，那個人打算建一個釣魚俱樂部。每天早晨大約十點，他開車載著瑪麗．福瓊到那兒，然後把那輛破舊不堪的深紫色凱迪拉克停在能俯瞰工程所在地的路基上。湖泊離工地不足十五公尺，紅色的波浪朝前舒展，消失在另一邊一片黑色的樹林裡。看起來，那片樹林彷彿要蹚過湖水，來到田地上。

他坐在保險桿上，瑪麗．福瓊張開腿坐在引擎蓋上。他們就這麼看著，有時候會一連看幾個小時。機器有條不紊地在曾是放牛場的地上啃著一塊方形的紅坑。這恰好是皮茨成功清除苦味草的唯一一塊牧場，老頭賣掉它時，皮茨差一點中風。福瓊先生原本可以繼續留著這塊地的。

「我還沒看過有哪個讓放牛場阻礙進步的傻瓜。」他從保險桿上對瑪麗・福瓊如是重述好幾次。但小女孩只是盯著機器看，眼裡別無他物。她坐在引擎蓋上，俯視著那巨大的咽喉貪婪地吃著泥土，然後，在連續的嘔吐聲後，它做了一個遲緩而機械的抽回動作，接著轉身又把泥土吐了出來。她眼鏡後面那雙淺色眼睛一次次地追隨著機器的這一套重複動作，而她的臉——那是老頭的臉的小小複製品，始終都是全神貫注的表情。

對於瑪麗・福瓊長得像外祖父這點，除了老頭自己，沒有人特別高興。他認為這大大增進了她的吸引力。他認為她是他見過最聰明、最漂亮的小孩，而且他讓其他人知道，如果——強調語氣的如果——

[7] 福瓊（Fortune）原意為「財富」，作者可能以此作為一種隱喻。

他會留下點什麼給別人，他也只會留給瑪麗・福瓊。

她現在九歲，和他一樣又矮又寬，有著他那樣的淡藍色眼睛、寬闊而突出的額頭、鎮定而咄咄逼人的怒容和深紅色的皮膚；內在上，她也像他。她很明顯地表現出了他那樣的智慧、堅強的意志和衝勁。儘管在年齡上他們有七十年的差距，他們之間的精神距離卻是微小的。她是他唯一尊重的家人。

他不喜歡小女孩的母親，他的第三或第四個女兒（他從來就記不清楚），儘管她認為是自己在照顧他。她認為（她是個非常謹慎的人，從未將這樣的想法說出來，只是暗自期待著）只有她在容忍老年的他，所以這塊產業應該留給她。她嫁給了一個姓皮茨的傻瓜，生了七個孩子，也都是傻瓜，除了最小的瑪麗・福瓊——她得到了他的遺傳。

皮茨一分錢也賺不到，十年前，福瓊先生允許他們搬到他的農場來務農。皮茨賺的全歸自己，但土地還是福瓊的，而且他經常有意讓他們意識到這一事實。井乾了，他不許皮茨鑽一口深井，堅持要他們用管子從泉眼裡取水。他不想為鑽井掏錢，而且他知道，如果讓皮茨掏錢，當他有機會對皮茨說：「這裡可是我的地盤。」皮茨就可以對他說：「但是，你喝的水是我的水泵抽上來的。」

在這裡住了十年，皮茨一家人逐漸覺得這個地方是他們的。女兒雖然是在這裡出生長大的，但老頭認為，在嫁給皮茨後，她表現出喜歡皮茨勝過這個家，所以當她回來時，她就像一個佃戶。不過，基於和不許他們鑽井同樣的原因，他也不許他們交租。一旦過了六十歲，人就處於一個尷尬的位置，除非他手中掌握了更多的利益。時不時地，他透過賣掉一塊地，給皮茨一家人一個切身的教訓。再也沒有比看著福瓊先生把一塊地產賣給外人更令皮茨痛苦的了，因為他自己想買下來。

皮茨是個瘦削、長下巴、脾氣暴躁、陰沉、悶悶不樂的人，他的妻子是那種以責任為傲的女人，自以為：待在這裡照顧爸爸是我的責任。我不做誰做？我心裡完全明白，我這麼做不會得到任何回報。我這麼做，是因為這是我的責任。

老人不會被這種話欺騙，哪怕一分鐘。他知道，他們正在不耐煩地等著可以把他放進一個二點五公尺深的坑裡，再用土蓋住他的那一天。他們估計，到時候，就算他沒把這個地方留給他們，他們自己也能買下它。他已經祕密地立好遺囑，把一切都信託給瑪麗・福瓊，指定他的律師而不是皮茨作為執行人。他死了以後，瑪麗・福瓊會讓其他人嚇一跳的，而他毫不懷疑她能做出這樣的事。

十年前，他們說如果是個男孩，他們打算依照他的名字，把即將降生的小孩取名為馬克．福瓊．皮茨，但他當即告訴他們，如果把他的姓和皮茨這個姓聯繫在一起，他就把他們趕走。

嬰兒降生了，是個女孩。他發現，儘管才一天大，她卻十分明顯地帶著他的特徵。他動了惻隱之心，主動建議他們把她叫做瑪麗．福瓊，追憶他至愛的母親，七十年前，她因為生他而去世。

福瓊的產業處於鄉間一條泥土路旁，泥土路離公路有二十四公里遠。如果不是為了與時俱進，他根本不會賣地，他一向支持進步。有些老年人阻撓改良，反對新事物，畏懼變化，他不是那種人。他想在自家門前看到一條公路，許許多多的新款汽車奔馳其上；他想在路對面看見一家超級市場，他想在不遠的地方看到一座加油站、一家汽車旅館和一家汽車電影院。

進步讓這一切動了起來：電力公司在河上建了一座大壩，淹沒了周圍鄉村的大片地區，由此形成的湖有八百公尺與他的土地毗鄰。張三李四都想在湖邊擁有一塊地。傳聞說他們就要有電話線了；傳聞說福瓊地產的前面就要鋪路了；傳聞說這裡最終將升格為鎮了。他認為鎮名應該叫做喬治亞州福瓊鎮。他是個有遠見的人，儘管他已經七十九歲了。

昨天，挖土的機器停下了。今天，他們看著兩台巨大的黃色推土機填坑。在賣地之前，他的地產總共有三百二十公頃。他已經賣掉了位於產業後段的五塊五公頃的土地，他每賣出一塊地，皮茨的血壓就得上升二十個百分點。

「皮茨這家人是會讓放牛場阻礙社會進步的那種人。」他對瑪麗．福瓊說。「但妳和我不是。」瑪麗．福瓊也是皮茨家的人這一事實，被他以一種紳士風度給忽略了，彷彿那是不該由孩子承擔的苦難。他喜歡把她想成是自己的一件完美陶製品。他坐在保險桿上，她坐在引擎蓋上，光著的雙腳搭在他的肩膀上。

一台轟隆作響的推土機在他們的下方移動，鏟著他們停車的這段路基的邊緣。如果老頭把腳往外挪幾寸，他就懸在路基邊緣上了。

「看著點兒，」瑪麗．福瓊的叫喊聲蓋過機器的噪音，「他會鏟掉你的土的。」

「椿子在那兒呢，」老頭叫嚷說，「他還沒過椿子。」

「他只是現在還沒過。」她吼叫道。

推土機從他們下方經過，繼續朝著遠遠的那一頭前進。「嗯，妳看著，」他說，「睜大眼睛，如果他撞倒椿子，我會制止他的。皮茨這家人是會讓放牛場或放騾場或一排豆子妨礙進步的那種人，」他繼續說，「我們這種人眼界比他們高，知道人不能為了一頭乳牛而阻止時代的步伐……」

「他在晃那一頭的椅子呢！」她尖叫道。他還沒來得及阻止，她已經從引擎蓋上跳下去，沿著路基邊緣跑起來，她那黃色的小洋裝在身後鼓蕩著。

「別離路基邊那麼近。」他叫喊道。但她已經到達椅子那裡，正要蹲下來，打算看看椅子被晃動的程度。她俯身在路基上，對坐在推土機駕駛室裡的男人晃了晃拳頭。他對她揮揮手繼續做事。她那小小手指頭裡的見識，比他們其他所有人腦子裡的還要多呢，老頭在心裡想道。他驕傲地看著小女孩朝著自己走回來。

她有一頭濃密而且非常漂亮的沙色頭髮，和他還有頭髮時一模一樣。頭髮長得很直，劉海剪到眼睛上面，順著臉頰的兩邊垂到耳梢上。她的頭髮就像一道門，她的臉只露出了中心部分。她的眼鏡是銀邊框的，也和他的一樣，她甚至以他那副模樣走路：肚子前凸，拖著腳，步伐小心而又莽撞，身體有些搖晃。她貼著路基邊走著，右腳的外側與路基邊緣平行。

「我說不要離路基邊那麼近，」他高聲呼喊道，「要是掉下去，妳就活不到俱樂部完工的那一天啦。」他一向非常小心，確保她避開危險。他絕不會讓她坐在蛇出沒處，或者把手放在可能藏著馬蜂的灌木叢上。

她並未移開分毫。她也有他的習慣：如果不是自己想聽的話，她就不聽，而既然這是他教給她的小把戲，他只好讚賞她實踐這個把戲的方式了。他預見到，等她老了，這會讓她很受用。她來到汽車旁邊，一聲不吭地爬回引擎蓋上，接著像剛才那樣，把雙腳放回到他的肩膀上，彷彿他只不過是汽車的一部分。她的注意力又回到遠處的推土機上。

「記住，如果不小心點兒，妳什麼也得不到。」她的外祖父說。

他是個嚴於律己的人，但他從未責打過她。他覺得，對於有些小孩，比如皮茨家前面那六個，原則上應該每週責打一次。但管束聰明的小孩另有辦法，他從沒對她動過手，也不允許她的母親或哥哥姊姊們哪怕只打她一耳光。老皮茨則另當別論。

皮茨是個脾氣暴躁、不分青紅皂白就發怒的人。有好多次，福瓊先生心臟狂跳，看著他從桌旁他那個座位——不是首位，福瓊先生坐在那兒呢，而是從側位裡——慢慢地站起來，突然毫無緣由且不作解釋地扭頭面向瑪麗・福瓊，說：「跟我來。」然後就離開飯廳，邊走邊解腰帶。這時，一種與小孩的臉格格不入的表情就會出現在她的臉上。老頭描述不出那種表情，但令他憤憤不已。那種表情裡夾雜著一點恐懼、一點尊敬和一點其他東西——非常像是合作的神色。她會帶著這種表情跟著皮茨出去。他們坐進皮茨的卡車裡，皮茨沿路驅車到福瓊先生聽力範圍以外的地方：他在那裡揍她。

福瓊先生知道皮茨揍了瑪麗，因為他曾開車跟著他們，目睹了毆打的全部過程。他從三十公尺外的一塊大石頭後面看著小孩抱住一棵松樹，而皮茨就像用彈簧刀使勁地砍灌木一樣，用腰帶抽打她的腳踝。她只是像站在熱爐子上似的上下蹦跳，如同一條遭到痛打的狗似的發出抽泣聲。

皮茨打了大約三分鐘，然後一言不發地轉過身回到卡車裡，把她留在那兒，而她則倒在樹下，用雙手抓住雙腳，來回地搖晃它們。老頭躡手躡腳地靠上前去，想看得更清楚些。瑪麗的臉扭曲成由小小紅塊組成的一張拼圖，鼻涕和眼淚一起奔流。他撲到她身上，氣急敗壞地說：「妳為什麼不還手？妳的勇氣到哪兒去了？妳覺得我會讓他打我嗎？」

她猛地跳起來，從他身邊向後退，仰起了下巴。「沒有人打我。」她說。

「妳當我是瞎子嗎？」他勃然大怒道。

「沒有人在這兒，也沒有人打我，」她說，「這輩子還沒人打過我，如果誰打我，我就殺了他。你自己看看，沒人在這兒……」

「妳當我在說謊，還是把我當成瞎子！」他氣憤地叫喊道。「我親眼看見他了，妳什麼也不做，任由他擺弄；妳什麼也不做，就是抱著樹跳上跳下，然後哇哇地哭。要是我，我會對他的臉揮出拳頭，接著……」

「沒人在這兒，也沒人打我，如果有人打我，我會殺了他！」她叫嚷道，然後飛奔著穿過樹林。

「是我在無中生有嘍！」他在她身後吼叫道，在樹下一塊小石頭上坐了下來，滿腔的煩悶和憤怒。這是皮茨對他的報復。彷彿被皮茨沿路開車載到這裡揍的是**他**，彷彿屈從於此的也是**他**。開始時，他覺得可以對皮茨說如果你再打她，我就把你們趕走。他想以此來制止皮茨，但當他這樣說的時候，皮茨說：「把我趕走吧，但我會把她也帶走。快點這樣做吧。我用鞭子打的是自己的孩子，只要我樂意，我可以每天都用鞭子打她一頓。」

每當他能讓皮茨感受到自己的手段時，他就會毅然決然地執行。現在，他有了一個錦囊小妙計，這個計策將成為揍向皮茨的一記重拳。當他告訴瑪麗．福瓊如果不小心點兒，她什麼也得不到時，他正喜孜孜地想著那個計策。沒等瑪麗回答，他就又說道，他可能不久就會再賣一塊地，如果真賣的話，他可能會分紅給她，可如果她再對他無禮的話，就沒戲了。

他經常用小小的言語之刺對付她，但這只是一種遊戲，就像在公雞面前豎一面鏡子，看著牠和牠自己的影像打架一樣。

「我不想要分紅。」瑪麗．福瓊說。

「我還沒見過妳拒絕過呢。」

「你也沒見我要過。」她說。

「妳存了多少錢了？」他問。

「不關你的事，」她說，並用腳踩了踩他的肩膀，「別干涉我的事。」

「我敢打賭，妳把錢縫在床墊裡，」他說，「就像個黑鬼老女人那樣。妳應該把錢放在銀行。等做完這樁買賣，我馬上給妳開個戶頭。除了我們倆，誰也沒辦法查妳的帳戶。」

推土機再一次從他們下方經過，讓他沒辦法接著說。他等著，但噪音一過去，他就憋不住了。「我打算把房子正前面的那塊地賣了，讓人家蓋加油站，」他說，「以後我們就不用開出老遠去給車加油了，出了前門就是。」

福瓊的房子建在土路後面六十公尺的地方，他打算賣掉的正是這六十公尺長的地。他的女兒曾歡快地把那塊地稱作「草坪」，儘管那只不過是一塊雜草地。

「你是說，」過了一會兒，瑪麗·福瓊說，「草坪？」

「是的，小姐！」他拍著大腿說。「我說的就是草坪。」

她不再說什麼，他回頭抬眼看著她。在那扇小小的頭髮之門裡，他看見的是他自己，但那不是他現在表情的映射，而是他不高興時的陰沉表情。「那是我們玩的地方。」她嘟囔道。

「可是妳可以去許多其他地方玩。」他說。他被她冷漠的態度給惹惱了。

「我們以後看不見路那邊的樹林了。」她說。

老頭凝視著她。「路那邊的樹林？」他重複道。

「我們以後看不見那道風景了。」她說。

「風景？」他重複道。

「樹林。」她說。「我們以後從門廊下看不見樹林了。」

「從門廊下看樹林？」他重複道。

然後她說：「我爸爸在那塊地上放牛。」

因為訝異，老頭的憤怒遲來了片刻。然後，像熊熊烈火一樣爆發了。他跳起來，轉過身，把拳頭擂在汽車引擎蓋上。「他可以到別的地方放牛！」

「小心別掉到路基下面去。」她說。

他目光始終盯著她，從車頭繞到一側。「妳以為我在乎他在哪裡放牛犢嗎？妳以為我會讓一頭牛犢礙我的事嗎？妳以為我會把那個傻瓜在哪裡放牛犢放在心上嗎？」

她坐著，臉紅紅的，比她頭髮的顏色還要深。現在，他們的表情是一樣的。「叫他的兄弟為傻瓜的，必將經受地獄之火。」她說。

「不要審判，」他叫喊道，「否則妳也將會受到審判！」他的臉色是她的臉的映射，但更紫一些。「妳！」他說。「妳讓他想什麼時候就什麼時候打妳，什麼都不做，就知道小聲地哭，上躥下跳！」

「他和任何其他人從來都沒碰過我，」她說，用一種極為平靜的語氣，斟酌出每一個字，「沒有人打過我，如果誰打了我，我就殺了他。」

推土機從他們下方經過。他們的臉相隔三十公分，保持著同樣的表情。推土機的噪音漸漸遠去，老頭說：「妳自己走路回家吧。我拒絕讓一個耶洗別[8]坐我的車！」

「我也拒絕和巴比倫大淫婦[9]坐同一輛車。」說完，她滑到汽車的一邊，穿過牧場而去。

「淫婦是女人！」他吼叫道。「妳什麼都不懂！」但她並未屈尊轉頭回敬他。看著那結實的小身影趾高氣昂地穿過黃斑點點的田地，朝著樹林而去，彷彿不能自已似的，他以她為傲的感受，就像新湖上的平和微波一樣地回來了。但她不願反抗皮茨，這件事就像水底逆流，把那微波向後推。

如果他能教會她像反抗自己那樣反抗皮茨，那她就是個完美的孩子了——無所畏懼而又意志堅定，人人都希望能夠如此，但這是她性格中的一個弱點。只有在這一點上她不像他。

他轉過身，看向湖泊那一邊的樹林。他想道，五年內，房屋、商店和停車場將取代樹林，而所有貢獻大部分都要歸功於他。

他打算透過實例告訴這個小孩什麼是勇氣，而由於他已吃了秤砣鐵了心，於是，中午時分，在餐桌旁，他宣布自己在和一個叫蒂爾曼的人談判賣掉房前這塊地蓋加油站的事。

---

[8] 耶洗別喻指邪惡的女人，見《聖經・列王紀》。

[9] 巴比倫大淫婦是《聖經・啟示錄》中提到的寓言式的邪惡人物。

他的女兒帶著疲憊不堪的神色坐在桌子的最遠處，哼了一聲，彷彿一把鈍刀正慢慢旋轉著刺進她的胸膛。

「你是說草坪！」他的女兒呻吟道，然後坐回椅子裡，用幾不可聞的聲音重複說：「他是說草坪。」

皮茨家另外六個孩子大叫起來，「那是我們玩的地方！」「不要讓他那麼做，爸！」「我們以後看不見路啦！」以及諸如此類的蠢話。瑪麗．福瓊什麼也沒說。她一副執拗而矜持的表情，彷彿正在計畫著什麼事。

皮茨不吃了，雙眼瞪著前方。他的盤子滿滿的，但他的拳頭一動不動地放著，就像盤子兩邊的兩塊黑色石英石。他的目光環視起餐桌旁的孩子，彷彿要從中找出一個與眾不同的來。最後，他的目光停在坐在外祖父身邊的瑪麗．福瓊身上。「是妳叫他對我們做這樣的事情的。」他嘟囔道。

「我沒有。」她說，但她的聲音裡毫無自信可言。那只是一陣顫音，是受到驚嚇的孩子的聲音。

皮茨站起身來，說：「跟我來。」他轉身走了出去，一邊走一邊解下腰帶。令老頭徹底絕望的是，她從桌旁滑下去，跟在他後面，幾乎是奔跑著跟著他到了門外。小女孩乖乖地上了卡車，隨後他們絕塵而去。

這種懦弱令福瓊先生悲傷，彷彿那是他自己的懦弱。這讓他的身體難受。「他打一個無辜的孩子，」他對女兒說，她坐在桌子的最下面，明顯還沒回過神來，「而你們沒有一個人阻止他一下。」

「你也沒阻止啊。」一個男孩說，然後青蛙合唱團又一起嘀咕了一陣。

「我是個心臟有毛病的老傢伙，」他說，「我沒辦法攔住一頭闍公牛。」

「是她慫恿你這麼做的，」他的女兒用緩慢而又疲倦的聲音說，她的頭在椅背邊框上前後搖晃，「所有事情都是她慫恿你做的。」

「她慫恿我做任何事，」他尖叫道，「妳還算是個做母親的嗎？妳還有什麼臉面！那孩子是個天使！聖人！」叫嚷聲太大，嗓子都快要破了，他只得小步跑出飯廳。

那天下午餘下來的時間裡，他只得躺在床上。每次得知那個孩子挨打了，他都會覺得自己的心臟對於承載它的心包來說有點太大了。不過，現在他比以往任何時候都更堅決地想要看到加油站在房子的前面建起來。如果這樣會讓皮茨中風，那再好不過了。如果這樣會讓皮茨中風乃至癱瘓，那是他活該，他永遠都沒法再打她了。

瑪麗．福瓊從不會真的或長久地生他的氣。儘管在那天餘下來的時間裡他並未見到她，但當他翌日早晨醒來時，她正騎坐在他的胸口，命令他快點起床，不然他們就趕不上看混凝土攪拌機了。

他們到達時，工人正在下釣魚俱樂部的地基，混凝土攪拌機已經在工作了。它的體積和顏色與馬戲團裡的大象差不多。他們站在那裡，看它攪拌了半小時左右。老頭十一點半要和蒂爾曼見面談交易，他們只得離開。他沒告訴瑪麗．福瓊他們要去哪裡，只是說他必須見一個人。

蒂爾曼在公路往下走八公里處經營一家包括加油站、廢舊金屬場、舊汽車場和舞廳的鄉下綜合商店，那條公路連接著從福瓊家前面經過的土路。因為土路很快就要變成公路了，蒂爾曼想先選個好位置，再擴展一家這樣的企業。

他是個有進取心的人，福瓊先生覺得，他是這樣一種人：永遠都不僅是追隨趨勢，而總是超前一些。這樣，當趨勢形成時，他已經在那裡等著了。公路沿線有很多指示牌，表明離蒂爾曼商店僅五公里，僅四公里，僅三公里，僅二公里，僅一公里，然後是：「注意，蒂爾曼商店轉彎即可抵達！」最後是用炫目的紅色字母寫著：「親愛的顧客，蒂爾曼商店歡迎您！」

蒂爾曼商店的兩邊是報廢汽車回收場——收容無藥可救汽車的一種病房。他也賣戶外裝飾品，比如石鶴、石雞、甕、花盆和風車。為了不讓舞廳的顧客覺得晦氣，在商店遠遠的後面還有一排墓碑和紀念碑可供選購。他的大部分業務都是在戶外進行的，所以他的店面倒是不值什麼錢。那是一棟單間木製建築，他在木屋後面加蓋了一個鐵皮長過道當做舞廳。舞廳分為兩個區域：有色人的和白人的，兩個區域裡各有一台獨立的自動點唱機。他有個烤窯，還出售燒烤三明治和軟性飲料。

驅車抵達蒂爾曼的涼棚下時，老頭看了小女孩一眼：她把腿抬到座位上，下巴支在膝蓋上。他不知道她將來會不會記得他打算把那塊地賣給蒂爾曼這件事。

「你來這裡做什麼？」她突然問道，表情僵硬，如同嗅到了敵人。

「不關妳的事，」他說，「我下車後，妳老實待在車裡。我會給妳買點東西的。」

「不要給我買什麼東西，」她陰沉地說，「因為我不會待在車裡。」

「哈！」他說。「但是妳已經在這裡了，除了等著，一點辦法也沒有。」他不再理會她，下車走進暗沉沉的商店。蒂爾曼正在店裡等著他。

半小時後，他出來了，但她不在車上。藏起來了，他斷定。他繞過商店，想看看她是不是在後面。他朝分成兩部分的舞廳的門裡看了看，再轉到墓碑那兒。接著，他掃視著停放那些淒慘汽車的場地，想到她可能在二百輛汽車中任何一輛的裡面或後面。他回到商店前面。一個黑仔男孩坐在地上，倚著冒著水珠的冰桶，手裡拿著一瓶紫色飲料啜飲。

「孩子，那個小女孩去哪兒了？」他問。

「俺沒看見什麼小女孩。」男孩說。

老頭不耐煩地在口袋裡摸索了一會兒，遞給他一枚五分鎳幣，然後說：「一個非常漂亮的小女孩，穿著黃色棉質洋裝。」

「您說的是像您一樣的壯實女娃吧，」男孩說，「她坐上卡車，和一個白人走嘍。」

「什麼樣的卡車，什麼樣的白人？」他叫喊道。

「一輛綠色小卡車，」男孩咂著嘴說，「她管那個白人叫『爸』。他們剛才朝那個方向去了。」

老頭顫抖著鑽進汽車裡，起程回家。他感到既憤怒又屈辱。她以前從來沒丟下過他，更不會為了皮茨而丟下他。一定是皮茨命令她坐上卡車，她不敢違抗。得到這個結論後，他更加憤怒了。她究竟是怎麼回事，為什麼就沒辦法反抗皮茨呢？在其他所有方面，他都把她訓練得非常好，為什麼她的性格中會有這樣一個缺陷呢？這真是個可惡的謎題。

他來到家門前，登上門階。她坐在旁邊的鞦韆上，悶悶不樂，目光越過他打算賣掉的土地，看著前方。她的雙眼腫了起來，粉紅了一圈，但他並未在她的腿上看到紅色的傷痕。他在她的旁邊坐下。他想讓口氣顯得嚴厲，但發出來的卻是擠壓變形的聲音，彷彿是個想要繼續嘗試的求婚者。

「妳為什麼丟下我？妳以前從沒丟下過我。」他說。

「因為我想。」她說，直視著前方。

「妳肯定沒這麼想過，」他說，「是他逼妳的。」

「我跟你說了，我會走的，所以我就走了。」她用低沉而斷然的聲音說道，不去看他，「現在，你可以去做你的事了，讓我一個人待著。」這些話的聲音裡有種清晰的決絕意味，他們以前爭論時，她從來沒用過這種腔調說話。她凝視的目光越過眼前除了茂盛的粉色、黃色、紫色雜草別無他物的土地，越過紅土路，抵達頂部邊緣為綠色的黑色樹林暗沉沉的輪廓。在那後面是更遠處樹林窄窄的灰藍色輪廓，而在那片樹林的後面就是天空了，天空裡除了一兩朵稀薄的雲，什麼也沒有。她看著這片風景，彷彿她喜歡它更勝於老頭。

「這是我的地，對吧？」他問。「我賣我的地，為什麼妳這麼不自在呢？」

「因為這是草坪。」她說。她的眼淚和鼻涕一起肆意奔流出來，但她一直繃著臉，液體一流到她舌頭搆得到的範圍，就被她舔掉了。

「我們以後看不見路那邊了。」她說。

為了讓自己再次確信那裡沒什麼可看的，他又眺望了一下路的那一邊。「我以前沒見過妳這樣，」他用不解的聲音說，「那裡除了樹林什麼也沒有啊。」

「我們以後看不見那些樹了，」她說，「而且這是草坪，我爸爸要在這上面放牛犢。」

聽到這句話，老頭站了起來。「妳的舉止越來越像皮茨家的人，越來越不像福瓊家的人了。」他說。他以前從沒對她說過這麼難聽的話，而且話一出口他就後悔了。這句話對他自己的傷害比對她的傷害更大。他轉身進屋，上樓走進房間。

下午，他幾次從床上爬起來，看向窗外，目光越過「草坪」，看著她口中那片他們以後再也看不見的樹林的輪廓。每一次，他看到的都是同樣的東西：樹林，不是一座山、一座瀑布或任何一種植物花木，只是樹林。

在下午某個特定時間裡，陽光在樹木間迂迴穿梭，使得每一株纖細而又光禿禿的松樹都清晰可見。一株松樹幹只是一株松樹幹，他自忖道，在這一帶，誰沒見過松樹幹呢。

每次起床並望向窗外，他都再度確信，自己賣掉那塊地是明智的。這件事給皮茨造成的不快是永恆的，但他可以給瑪麗・福瓊買點什麼，以此來補償她。對於成年人而言，一條路要麼通往天堂，要麼通往地獄，但對孩子來說，沿途有很多停靠站，在這些停靠站上，一件小東西就能吸引他們的注意。

他第三次起床看樹林時，差不多六點鐘了。樹林後面快要隱匿起來的落日噴薄出紅光，那些瘦削的樹幹彷彿被紅光之池托了起來。老頭定睛凝視了好一會兒，在漫長的一瞬間，他彷彿被和通向未來的一切喧嘩嘈雜隔離開了，被困在了他以前無法理解且令人不舒服的神祕之中。

他在幻覺中看到：樹林後面彷彿有個人受傷了，樹木浸在血液裡。皮茨的小卡車出現打碎了這令人不快的景象。那輛車在他窗下慢慢地停下。他回到床上，閉起眼睛，在閉起的眼皮上，可怖的紅色樹幹在黑色的樹林裡升起。

吃晚飯時，沒有人和他說話，包括瑪麗·福瓊。他匆匆吃完，又回到房間，用整晚的時間向自己指出在如此近的地方就有一處像蒂爾曼商店那樣的設施對未來的種種好處。無論什麼時候需要一塊麵包，只要走出前門，走進蒂爾曼商店的後門就可以了。他們可以把牛奶賣給蒂爾曼。蒂爾曼是個討人喜歡的人，蒂爾曼會帶來其他生意。路很快就要鋪了。來自全國各地的遊客將在蒂爾曼商店前停留。

如果他的女兒覺得自己比蒂爾曼有本事，商店的存在還可以殺一殺她的威風。人人生來自由且平等。這句名言在他的腦海裡浮現時，愛國意識占了上風，於是他想到，賣掉那塊地是他的責任，他必須對未來負責。他看向窗外，看著月亮照耀在路那邊樹林的上空。他聽了一會兒蟋蟀和樹蛙發出的嘈雜聲，他能聽到在吵鬧聲下面，未來的福瓊鎮的搏動。

他上床了，確信早晨醒來時，他會像往常一樣，看到嵌在秀髮之門裡自己另一張小小的紅臉。她會完全忘了這項交易，吃完早飯，他們就開車到鎮上，去法院拿法律文件。回程路上，他會在蒂爾曼商店前停下來，完成這筆買賣。

早晨他睜開眼時，看到的是空空蕩蕩的天花板。他坐起來環顧房間，但她不在房間裡。他趴在床邊，看看下面，但她也不在床底下。他起床穿衣，來到外面。她坐在門廊前的鞦韆上，神態與昨天完全一樣。她的目光越過草坪，看著樹林。

老頭十分惱火。打從她會爬開始，每天早晨醒來後，他就會看見她要麼在他的床上，要麼在床底下。很明顯，今天早晨她寧願看看樹林風景。

老頭決定不去在意她的行為，等她的怨恨過去了再表達自己的不滿。他坐到她身邊，可她仍然看著樹林。「我還以為我們倆要到鎮上，去看看新開的船舶店裡的船呢。」他說。

她並未轉頭看他，但猶疑地大聲問道：「你去那裡還有什麼別的事嗎？」

「沒有別的事了。」他說。

過了一會兒，她說：「如果只是看船，那我去。」但她連一眼都沒看他。

「可是得先穿上鞋子呀，」他說，「我可沒打算和一個光著腳丫的女人進城。」但這句玩笑話沒讓她笑出來。

天氣和她的情緒一樣不好。雨看起來要下不下，太陽也懶得出現在這個令人不快的灰色天空裡。在去鎮裡的路上，她坐著，一直看自己的雙腳，那雙腳往前伸，被包在笨重的棕色學生鞋裡。老頭以前經常悄悄地走到她身邊，發現她與自己的腳說話，他覺得她現在正無聲地和它們說話。時不時地，她的嘴唇會動一動，但對他不發一語。而他的話並不能使她動容，彷彿她根本就沒聽見一樣。

他斷定，他要花一大筆錢才能買回她的好心情，因為他自己也想要，所以最好是買一艘船。自從水漫到他的產業上起，她就把船掛在嘴邊了。他們先來到船舶店。「帶我們去看看窮人能買得起的遊艇！」他們一進門，他就生氣勃勃地叫喊道。

「全都是為窮人準備的！」店員說。「買一艘你就成窮人了！」他是個結實的年輕人，穿著黃色襯衫和藍色褲子，一肚子早已準備好的幽默話語。福瓊先生和店員連珠炮似的交換了幾句聰明話。福瓊先生看向瑪麗．福瓊，想知道她臉上的陰霾是不是消失了。只見她站著，目光越過發動機裝在船尾外一艘摩托艇的船舷，失神地凝視著對面的那面牆。

「小姐對船感興趣？」店員問。

她轉過身，慢慢地走出商店，走到人行道上，又回到車裡。老頭詫異的目光追隨著她。他無法相信，一個擁有她那樣智力的小孩會僅僅為了賣一塊地而出現這樣的舉止。「我想她肯定是生病了，」他說，「我們會回來的。」然後他也回到車裡。

「咱們去吃個蛋捲冰淇淋。」他建議道，憂心忡忡地看著她。

「我不想吃什麼蛋捲冰淇淋。」她說。

他真正的目的地其實是法院，但他不想讓小女孩看出自己的心思。「我去辦點小事，妳到雜貨店逛逛怎麼樣？」他問。「我給妳帶了一枚二十五美分的硬幣，妳給自己買點什麼。」

「我在雜貨店裡沒有事情可做，」她說，「我也不想要你的什麼二十五美分。」

他不應該覺得二十五美分能引起她的興趣，因為連一艘船都不管用。他責備自己的愚蠢。「嗯，怎麼了，大姊？」他善意地問。「妳覺得不舒服嗎？」

她轉過頭，直視著他，用惡狠狠的聲音緩慢地說：「那是草坪，我爸爸在那裡放他的牛犢。我們以後再也看不見那片樹林了。」

老頭盡可能地把怒火壓制得久一些。「他打妳！」他叫喊道。

「而妳卻擔心他要在哪裡放他的牛犢！」

「這輩子還沒人打過我，」她說，「如果誰打我，我就殺了他。」

一個七十九歲的男人不會任由一個九歲的小孩對自己為所欲為的。和她同樣堅定的表情出現在他臉上。「妳是福瓊家的人，」他說，「還是皮茨家的人？做個決定吧。」

她的聲音響亮、自信且帶著挑釁。「我是瑪麗——福瓊——皮茨。」她說。

「可我，」他叫嚷道，「是純正的福瓊氏！」

對此她無話可說，她也透過神態表明了這一點。有那麼一剎那，她看起來似乎被完全擊敗了，老頭清楚而又不安地看到，那是皮茨氏的表情。他看到的是皮茨氏的表情，純潔而樸素，他覺得自己被那表情給玷污了，彷彿那是他臉上的表情。他厭惡地轉過頭，把汽車倒出來，徑直駛往法院。

法院是一幢表面閃閃發光的紅白兩色建築，坐落在大部分草皮都已被踐踏殆盡的一座廣場中央。他在法院前停下車，用專橫的語氣說：「待在這裡。」然後他下車，砰地關上車門。

拿契約、起草出售文件花了他半個小時。他回到車上時，她正坐在後排座位的角落裡。在他能看到的那部分臉上，是有所預感的畏縮表情。天空也暗下來，空氣裡有一股懶洋洋的熱潮，彷彿龍捲風馬上就要來了。

「我們最好快一點兒，免得遇上暴風雨，」他說，然後又著重補充道，「因為在回家的路上，我還要在一個地方停一下。」但他沒得到任何回應，他似乎是在給一具小小的屍體當司機。

在去蒂爾曼商店的路上，他再次回顧了導致他做出現在這種舉動的所有正當理由，而且他從中找不出任何不妥之處。他認定她的這種態度不會持續很長時間，但他對她的失望卻要持續很久，所以在改變態度以後，她必須道歉，而且他不會買什麼船了。

他逐漸意識到，每次她給他帶來麻煩，都是因為他不夠強硬。他以前太寬宏大量了。他專心思考這些事情，甚至沒留意到那些表明蒂爾曼商店離此還有多遠的指示牌，直到最後一塊牌子，「親愛的顧客，蒂爾曼商店歡迎您！」突然歡欣地出現在他面前。他把車開到涼棚下。

下車的時候，他甚至沒看瑪麗．福瓊一眼。他走進暗沉沉的店鋪，蒂爾曼趴在三排罐裝貨品架前的櫃檯上，正等著他。

蒂爾曼是個訥於言但敏於行的人。他坐著，雙臂習慣性地交疊在櫃檯上，那顆其貌不揚的腦袋像蛇般在肩膀上動來動去。他長著一張倒三角臉，頭頂被一頂斑點帽給蓋住了。他那雙綠眼睛非常小，他的舌頭總是暴露在半張著的嘴裡。他的支票本就在手邊，於是他們立刻辦起正事。他很快就看完契約，簽了賣據。然後福瓊先生也簽了賣據，他們在櫃檯上方握了握手。

和蒂爾曼握手時，福瓊先生如釋重負。他覺得事情已成定局，不會再有和自己或和她的爭論了。他覺得自己是依照原則行事，社會進步也得到了保障。

就在他們鬆開手，蒂爾曼表情驀地一變，接著他整個人消失在櫃檯下面，好像被人從下面拽住了雙腳。一只瓶子在他藏身處後面的一排罐頭上碎裂開來。老頭旋過身。瑪麗·福瓊站在門口，臉紅紅的，表情狂野，舉著另外一只瓶子正準備扔出去。他彎下身，瓶子砸在他身後的櫃檯上，但她又從板條箱裡拿出另一只。他朝她跳過去，但她卻飛奔到商店的另一頭，一邊嘶喊出一些聽不分明的話，一邊扔出她搆得到的任何東西。

老頭又撲出去，這一次他抓住了她洋裝的邊裾，把她拖到店外。他牢牢地抓住她，把她拎到離汽車幾公尺的地方。她在他的手臂裡氣喘吁吁、抽泣不止，但又突然安靜下來。他費力地弄開車門，把她扔進去。然後他跑著繞到另一邊，鑽了進去，接著駕車飛快駛離。

他覺得他那顆有這輛車這麼大的心臟，正以比他乘坐過的任何交通工具都要快的速度帶著他向前奔馳，像是要去一個他註定逃不開的目的地。在最初五分鐘裡，他不思考，只是全速前進，彷彿被憤怒左右了。慢慢地，思考的力量回到他身上。在角落裡縮成一團的瑪麗·福瓊吸著鼻子，身體一起一伏。

他這輩子還沒見過會做出這種行為的小孩。不管是他自家的小孩還是別人的，都從未在他面前發這麼大的脾氣，而且他從來就沒想像過哪怕片刻，他自己養育、當了他九年固定夥伴的孩子，會讓他如此難堪。這個他從未對她動過手的孩子！

他頓悟了：這是他的錯。

她尊敬皮茨是因為，哪怕沒有什麼正當的理由，他也打她；而他因為有自己正當的理由，從來都不曾打過她。可她原來是個壞孩子，所以他除了自己誰也不能責怪。他覺得，他只得責打她一頓的那一刻來臨了，在他拐下公路開上通往家的那條土路時，他告訴自己，揍她一頓之後，她就再也不會扔瓶子了。

他沿著泥土路前進，直到他的地產由此向前延伸的邊界線。然後他拐上寬度僅能容下一輛汽車通行的邊道，在樹林中開了八百公尺。

他把車就停在他看見皮茨用腰帶打她的那個地方。路在這裡變寬了，可容兩輛汽車通過或一輛汽車迴轉。這片難看而且光禿禿的紅土地面被高高細細的松樹圍著，那些樹聚集在這裡彷彿就是為了目睹可能在這塊空地上發生的任何事。幾塊石頭從泥土裡露了出來。

「下車。」他說。然後他把手伸過她的身體，打開車門。

她沒看他也沒問要做什麼就下了車。他從自己那一邊下車，繞到車頭。

「聽著，我要打妳一頓！」他說。他的聲音分外響亮卻空洞，產生一種迴響的效果，被松樹冠吸收又從中通過。他不想在處罰她時被傾盆大雨淋個正著，所以說：「快著點，趴到那棵樹上準備好。」然後他開始解腰帶。

彷彿他的想法必須穿過她腦海裡的一片霧靄，過了一會兒，她才明白他要做什麼。她沒動，但她的表情漸漸從困惑變成了明白。幾秒鐘以前，她紅紅的臉是扭曲變形的，但現在，所有茫然的跡象都不見了，只剩下自信，那是決心要做什麼且一定會做到的一種表情。

「沒有誰打過我，」她說，「如果誰敢試一下，我就殺了他。」

「我不想聽什麼大話。」他說。然後他朝她走去。他覺得雙膝非常不穩，就好像它們可能會向前走，但也可能會轉向後面似的。

她只後退了一步。她鎮定地盯著他，接著便摘下眼鏡，扔在他叫她趴上去準備好的那棵樹近旁的一塊小石頭後面。「摘下眼鏡。」她說道。

「別對我下命令！」他高聲說道，然後舉起腰帶笨拙地抽揮向她的腳踝。

她的攻擊速度如此之快，他根本就弄不清首先感受到的是哪一擊：是她整個結實身體的重量，還是她雙腳的一陣猛踢，抑或是她的拳頭對他胸口的暴捶。他在空氣裡胡亂揮舞腰帶，不知道要打哪裡，他只想把她從身上弄開。最後，他一把抓住了她。

「放開！」他叫喊道。「我叫妳放開！」但她似乎無處不在，能同時從四面八方攻擊他。彷彿襲擊他的不是一個小孩，而是一群都穿著結實的棕色學生鞋、有著小石頭一般拳頭的小惡魔。他的眼鏡飛到了一邊。

「我叫你把眼鏡摘下來。」她吼叫道，但並未停手。

他抓住一隻膝蓋，單腿跳躍著，雨一般的一陣攻擊落在他的肚子上。他覺得自己一隻前臂的肉裡有五隻爪子，她就吊在他的手臂上，與此同時，她的兩隻腳正機械而又猛烈地踢向他的雙膝，而她另一隻拳頭一下又一下地捶在他的胸口上。

然後，他驚恐地看到她那張牙齒外露的臉升到自己面前。她咬他下巴的一邊時，他像頭公牛似的吼叫。他似乎看見自己的臉同時從幾個方向來咬自己，但他無暇顧及，因為他正被鋪天蓋地的踢打襲擊：先是肚子，繼而是胯部。突然，他讓自己摔倒在地，然後像個著了火的人似的在地上打滾。她也同時倒在他身上，與他一起打滾，但仍在踢他，而且現在她可以用兩隻拳頭連續猛打他的胸口。

「我是個老人！」他尖叫道。「放了我吧！」但她仍未停手。再度攻擊起他的下巴。

「住手住手！」他氣喘吁吁地說。「我是妳外公！」

她停下來，她的臉就在他的臉上面。兩對同樣淺色的眼睛對視著。「你覺得夠了嗎？」她問。

老頭仰視著自己的映射，那是一張得意洋洋而又充滿敵意的臉。

「是我，」她說，「打了你。」接著她又一字一頓地補充道：「另外，我是純正的皮茨氏。」

就在她鬆開手時，他掐住了她的脖子。借助一股突然迸發的力量，他翻過身，讓他們的位置對調。接著他俯視那張膽敢自稱皮茨氏的臉。他用緊緊環住她脖子的雙手提起她的頭，然後將那顆腦袋對著正下方一塊石頭猛烈地撞下去。接著他又撞了兩次。然後，看著那張對他毫不理會、眼珠幽幽向上翻的臉，他說：「我的身體裡可沒有一丁點皮茨氏的東西。」

他依舊瞪著自己臉的那幅被征服了的映射，直到他注意到，雖然完全安靜了下來，但那張臉上卻沒有一絲懊悔的表情。那雙眼睛又翻下來，一動不動地凝視著，但他並未出現在眼睛裡面。「這下妳得到教訓了吧。」他用帶著些許遲疑的聲音說。

靠著那兩條挨過踢且又不穩當的雙腿，他費力而痛苦地站起來走了兩步。但在車上就已開始的心臟擴張仍在繼續。他轉過頭，對著身後那個頭枕岩石、一動不動的小小身體看了許久。

他仰面跌倒，不能自已地向上看，任目光沿著光禿禿的樹幹抵達松樹的頂端。隨著一陣抽搐，他的心臟再次擴張。它擴張得如此之快，老頭覺得彷彿正被它拖著穿過樹林，好像正和那些醜陋的松樹一起以他最快的速度奔向湖泊。

他意識到，那裡有一小塊空地，他可以逃到那個小地方，把樹林撇在身後。他遠遠地就看到了那塊小小的空地，白色的天空倒映在一小片湖水裡。他朝空地奔去時，那一小片湖泊變大了，接著整座湖泊出現在他面前，微微起伏的波濤朝著他的腳邊莊嚴地湧來。他驀然想到自己不會游泳，而且還沒買船。

他看見身體兩邊那些瘦削的樹木變粗了，成了神祕的黑色佇列，正行過水面，朝遠方而去。他絕望地環顧四周，希望有人能救他，但這裡空空蕩蕩的，只有一頭巨大的黃色怪物坐在一邊。它像他一樣一動不動，嘴裡塞滿了泥土。

153 樹林風景

莊稼

威勒頓小姐總是把桌子上弄得到處都是麵包屑，這是她獨有的持家成就，每次都做得不錯。露西亞和伯莎洗盤子，加爾納在客廳裡玩《晨報》上的填字遊戲。只剩下威勒頓小姐一個人在飯廳裡自得其樂。真好！

在這棟房子裡吃早餐，總是一種折磨。露西亞堅持他們應該像吃其他餐那樣，規律地吃早餐。露西亞說定時吃早餐就能養成其他規律的習慣，而且加爾納愛搗亂，所以他們不得不立下一些吃飯的規矩，她這是為了加爾納能把瓊脂[10]加到麥乳裡。

威勒頓想，好像這麼做上五十年，加爾納其他任何事情就都會做了似的。早餐上的爭執總是始於加爾納的麥乳，並以她的三匙鳳梨汁為終。「威莉[11]，妳知道自己發出酸味了，」露西亞小姐總是這麼說，「妳知道自己發出酸味了。」然後加爾納就轉動起眼珠子，說些令人噁心的話，伯莎跳起來，露西亞則一臉痛苦，而威勒頓小姐則品嚐已經被她嚥下去的鳳梨汁的味道。

把桌子上弄得到處都是麵包屑，可以放鬆心情。把麵包屑弄在桌子上，就有了思考的時間，而如果威勒頓小姐想要寫一篇故事，她就必須先思考。通常，坐在打字機前她的思路最敏捷，但捏碎麵包也有一點效果。

首先，她得想出一個題材來。能寫成故事的題材實在太多了，以致威勒頓小姐永遠都想不出一個來。她常說寫故事難就難在這兒，花在思考究竟要寫什麼上的時間，要比實際寫作時間多。有時候，她會放棄一個又一個題材，在過了一、兩個星期之後，才能最終決定要寫

---

10 一種由石花菜科植物或紅藻類所提煉出來的果膠類物質，或稱洋菜。

11 威勒頓的暱稱。

什麼。

她拿出銀刮鏟和麵包架，敲打起桌子。她沉思著，不知道麵包師是不是個好題材？外國麵包師的形象都很生動，她想著。米蒂爾・菲爾默姨媽去世後，留給她四張法國麵包師的著色彩照，他們都戴著蘑菇一樣的帽子，都是大個子、金髮而且……

「威莉！」露西亞小姐尖叫道，一邊拿著鹽瓶走進飯廳。「看在上帝的分上，把麵包架放到刮鏟的下面，不然麵包屑會掉到地毯上的。上星期我刷了四次地毯，我可不想再刷了。」

「妳從來都沒因為我把麵包屑弄掉在地上而刷過地毯。」威勒頓小姐不滿地說。「我弄掉在地上的麵包屑，我自己會撿起來，」她又補充道，「而且我也沒弄掉多少。」

「這次記得先洗一洗再把刮鏟放回去。」露西亞小姐回應道。

威勒頓小姐把麵包屑倒在手裡，扔到窗外。她把刮鏟和麵包架拿到廚房，放在冷水水龍頭下沖洗，再把它們擦乾放回抽屜裡。好了，現在她可以坐在打字機前面了，她可以待到晚飯時分。

威勒頓小姐在她的打字機前坐下並舒了一口氣。好了，我剛才在想什麼？哦，麵包師。嗯，麵包師。不行，麵包師不行，不夠生動，麵包師和社會張力沒什麼關係。威勒頓小姐坐著，注視著打字機。ASDFG——她的目光在打字機上游移。嗯，老師？威勒頓小姐思考著。不，老天，不，老師總是令威勒頓小姐覺得乖僻。

她那些柳湖學院的老師不錯，但她們都是女人。柳湖女子學院，威勒頓小姐想起來了，她不喜歡這個說法：柳湖女子學院，聽起來有點生物學的味道，她總是只說自己是柳湖畢業的。男老師讓威勒頓小姐覺得自己要讀錯什麼字似的。不管怎麼說，老師過時了，他們甚至都不是社會問題了。

社會問題，社會問題。嗯，佃農！威勒頓小姐從來不曾和佃農有過密切的關聯，但是，她能夠想見他們會和其他任何題材一樣富有藝術感，還會為她的作品帶來社會關懷的氣息，而社會關懷對於那個她渴望一探究竟的圈子是非常重要的。

「我總是能依靠鉤蟲[12]……」她含混道，「賺點錢。」現在它來找她了，千真萬確。她興奮的手指在按鍵上懸空劈哩啪啦地敲擊，接著突然快速地打起字來。

「洛特．莫頓，」打字機吐出字來，「喚他的狗。」打完「狗」之後她突然停下。威勒頓小姐總是竭盡所能讓第一句出色。「第一句的湧現，」她總是說，「就像一道亮光！就像一道亮光！」她會一邊打響指、一邊說：「就像一道亮光！」

她的故事都是建立在第一句之上的。「洛特・莫頓喚他的狗」這句話是自己找上威勒頓小姐的。並且在讀了一遍句子之後，她覺得對於佃農而言，「洛特・莫頓」是個很好的名字。讓他喚狗也設計得巧妙，符合佃農的身分。

「狗豎起耳朵，一溜煙似的朝洛特跑過去。」句子打出來後，威勒頓小姐才發現毛病——一段裡有兩個「洛特」，聽起來不夠悅耳。打字機喀喀喀地後退，威勒頓小姐在第二個「洛特」上劃了三個「×」，用鉛筆在上面寫了一個「他」字。現在，她準備往下寫了。「洛特・莫頓喚他的狗。狗豎起耳朵，一溜煙似的朝他跑過去。」「狗」也出現了兩次，威勒頓小姐想著。嗯，但她覺得兩個「狗」沒

12作者此處應指動物。

有兩個「洛特」那麼刺耳。

威勒頓小姐非常迷信她所謂的「語音藝術」。她認為，耳朵是個和眼睛一樣的讀者。她喜歡這樣來表達自己的觀點。「眼睛能形成圖像，」她曾對「十三州聯合女兒會」的成員說，「抽象思維能畫出圖像，而一次文學探索的成功（威勒頓小姐喜歡『文學探索』一詞），依賴於大腦的抽象思維和耳朵的音調特徵（威勒頓小姐也喜歡『音調特徵』）。」「洛特．莫頓喚他的狗」帶有一些嘲諷而銳利的意味，而接下來的「狗豎起耳朵，一溜煙似的朝他跑過去」，又讓故事有了開頭，而這正是這一段所需的。

「他扯住畜生短而瘦的耳朵，和牠一起滾到爛泥裡。」或許，威勒頓小姐沉思著，這有點過分了。但她知道佃農是會滾到爛泥裡的，她曾經讀過一本描寫這類人的小說，在那本書裡，他們的行為也這樣糟糕，而且，在四分之三的文字中，他們做出的事情比在爛泥裡打滾更糟糕。

露西亞在清理威勒頓小姐衣櫥的一個抽屜時發現了這本書，隨便瞄了幾頁之後，她就用拇指和食指夾著這本書來到爐子旁邊，將它丟了進去。「威莉，今天早上清理妳的衣櫥時，我找到了一本書，肯定是加爾納放在那裡的，他想開玩笑，」露西亞小姐後來對她說，「太可怕了，但妳也知道加爾納的為人。我把書給燒了。」然後她又吃吃地笑道：「我敢肯定書不是妳的。」

威勒頓小姐也敢肯定那本書不是別人的，就是她的。但她猶豫了一下，沒有承認。書還是她從出版社訂的，因為她不想在圖書館借這本書。連郵費，那本書花了她三美元七十五美分，可最後四章她還沒來得及看。儘管如此，她從那本書中得到的東西已經足以讓她斷言，洛特・莫頓和他的狗一起滾到爛泥裡是合情合理的。她斷定寫他這樣做也能讓鉤蟲的特徵多起來。「洛特・莫頓喚他的狗。狗豎起耳朵，一溜煙似的朝他跑過去。他扯住畜生短而瘦的耳朵，和牠一起滾到爛泥裡。」

威勒頓小姐倚著椅子的靠背。開頭不錯，接下來該思考一下情節了。當然，得有一個女人。或許，洛特可以殺了她。那種女人總是惹麻煩，她甚至可以逼得他殺了她，因為她放蕩不羈，然後，再讓他受良心的煎熬。

如果真這樣寫的話，那他就得有原則，不過讓他有原則也並非難事。她想著，現在，該如何把這些情節和一切必要的愛情利害關係融合在一起呢？應該有一些非常暴力的自然主義畫面，也就是虐待狂之類的故事。

經由閱讀你就知道，那個階級是會發生這種事的。這是個問題，可是，威勒頓小姐享受這類問題。她最喜歡構思激烈的畫面，但是，要下筆的時候又老是覺得不舒服。她會想，如果家裡的人讀到了這些描述會說什麼。加爾納會打響指，還會看準一切機會衝她眨眼睛；伯莎會覺得她很可怕；而露西亞則會用她那種傻裡傻氣的腔調說：「威莉，還有什麼我們不知道？還有什麼我們不知道？」然後像往常那樣吃吃笑一陣。但是威勒頓小姐現在不能想這些，她得構思人物。

洛特生得高大、駝背、頭髮蓬亂。而且，儘管長著紅脖子和一雙笨拙的大手，但他那對悲傷的眼睛會讓他看起來像個紳士，牙齒要整齊。另外，為了讓他看起來有點精神，得有紅頭髮。衣服要從他的身上垂下來，但他對自己的衣服漠不關心，好像那身行頭是他皮膚的一部分似的。也許，她沉思著，不該讓他和狗一起滾到爛泥裡。女人的樣子要過得去：黃頭髮，腳踝豐潤，泥土色的眼睛。

那個女人會把晚飯送到小屋裡給他吃，他就坐在那裡，吃著她只是放了鹽的塊狀玉米粥，想著一些龐大而遙遠的事情：像是再買一頭乳牛，一棟油漆的房子，一口清潔的井，甚至是一座屬於他的農場。

女人會衝他吼叫，因為他劈的木柴根本不夠爐子用，她又因為背痛而哀號。她坐著直瞪瞪地看著他吃酸掉的玉米粥，說他沒膽子偷食物。「你只是一個該死的乞丐！」她會嘲笑道。他會對她說妳閉嘴。「閉上妳的嘴！」他大喊道。「我想要的我都得到了。」她轉動眼珠子，以此來嘲諷他，還大笑，然後說：「我會怕像你這種貨色？」

他把椅子往後面推了推，站起來朝她走過去。她從桌上抓起一把刀——威勒頓小姐搞不懂這個女人怎麼這麼傻——往後退，刀子擋在胸前。他朝前撲過去，她像一匹野馬似的從他身邊掠過去了。然後他們再次面對著面，眼睛裡充滿了仇恨，前後晃動。威勒頓小姐可以聽見時間正一秒一秒地滴在外面的鐵皮屋頂上。

他再次朝她撲過去，但她的刀子已經準備好，可以隨時插進他的身體裡——威勒頓小姐受不了了。她從後面對著女人的腦袋重重地就是一拳。刀子脫手，一陣薄霧把她從房間裡捲走了。威勒頓小姐轉向洛特。「讓我弄點熱玉米粥給你吃。」她說。她走到爐子邊，用乾淨的盤子端來了柔軟潔白的玉米粥和一塊奶油。

「啊，謝謝，」洛特說。他對威勒頓小姐微笑，露出了好看的牙齒。「妳總是能把飯煮得恰到好處。妳知道的，」他說，「我一直在想我們可以離開這個租來的農場，可以有個像樣的地方。如果今年能賺點錢，就可以買頭乳牛，再一步步地好轉。威莉，想想這樣做的意義吧，想想吧。」

她坐到洛特的身邊，把手放在他的肩膀上。「我們就這麼做吧，」她說，「我們今年賺的肯定會比以往任何一年都要多，春天的時候我們就能買得起乳牛了。」

「威莉，妳總是知道我心裡在想什麼，」他說，「妳總是知道。」

他們坐了很長時間，想著彼此是多麼地了解對方。「把飯吃完吧。」她最後說道。

吃完飯之後，洛特幫她掏爐灰。然後在七月炎熱的夜晚，他們沿著牧場朝小溪散步，談論著他們有朝一日將會擁有的家。

三月末，雨季就快來了，而他們的收穫讓人幾乎難以相信。在過去的一個月裡，為了趁天氣還沒變壞之前完成所有工作，洛特每天早上五點就起床，威莉則還要早一個小時。洛特說下星期雨可能就要開始下了，如果到時莊稼還沒有收割完，那麼莊稼就沒了，過去幾個月來所獲得的一切也都會沒了。他們知道這意味著什麼——又是和去年一樣拮据的一年。而且同樣的，明年也不會有乳牛，只會有一個小孩。洛特總想要乳牛。

「小孩花不了多少錢，」他辯解道，「而且乳牛還能幫著餵養小孩。」但威莉的態度很堅決，乳牛可以以後再買，但小孩必須有一個好的開始。「也許，」洛特最後說道，「我們能賺足夠多的錢，兩樣都會有。」然後他就出去察看新翻過的土地，好像看著犁溝就能算出收成似的。

儘管所獲不多，但今年到目前為止都很好。威莉把小木屋打掃得乾乾淨淨，洛特也修好了煙囪。牽牛花在門階旁盛開，叢叢金魚草在窗戶下，平平安安的一年。但現在他們為莊稼擔憂，他們必須在下雨前收割完莊稼。「還需要一個星期，」洛特晚上回來時嘀咕道，「還需要一個星期，我們才能做完。妳覺得自己能收嗎？其實不該要妳去的，」他嘆息道，「但我雇不到幫手。」

「我行，」她說著，把顫抖的雙手藏到身後，「我能收。」

「今晚陰天。」洛特陰鬱地說。

第二天，他們一直忙到天黑，忙到再也動不了，兩個人才搖搖晃晃地回到小木屋，倒在床上。

夜裡，威莉在疼痛中醒來。一種輕柔的綠色的疼痛，紫色光芒從其間通過。她不知道自己是不是已經醒了，她的頭向兩邊轉來轉去，像是有一些嗡嗡作響的形體在她的腦子裡研磨石塊。

洛特坐起來。「妳覺得難過嗎？」他聲音顫抖地問。

她用胳膊把自己撐起來，接著又沉下去。「到溪邊把安娜叫來。」她喘著氣說。

嗡嗡聲越來越響，那些形體越來越灰暗。疼痛先是和嗡嗡聲、那些形體糾纏了幾秒鐘，然後就無休無止了。疼痛一波接一波地湧來，嗡嗡聲越來越清晰，天亮時，她才知道，那是雨聲。後來，她用嘶啞的聲音問：「雨下多久了？」

「這會兒，差不多兩天了。」洛特答道。

「莊稼沒了，」威莉茫然地看著外面向下滴水的樹木，「完了。」

「沒完，」他輕聲說，「我們有了一個女兒。」

「你想要的是兒子。」

「不，我已經得到我想要的了——一個威莉變成了兩個，甚至比有一頭乳牛還要好，」他咧著嘴笑道，「威莉，我該怎麼做才有資格領受這一切呢？」他彎腰吻了吻她的前額。

「我該怎麼做，」她悠悠地問，「我該怎麼做，才能幫你更多？」

「威莉，妳想去一趟雜貨店嗎？」

威勒頓小姐推開洛特的胳膊。「妳……妳說什麼，露西亞？」她結結巴巴地問。

「我說，這次妳去雜貨店好不好？這個星期每天早上都是我去，但我現在太忙了。」

威勒頓把椅子向後一推，從打字機前站起來。「好啊，」她憤怒地說，「妳要買什麼？」

「一打雞蛋，兩磅番茄——熟番茄，妳最好趕緊去治一治感冒。妳流眼淚了，嗓子也沙啞了，盥洗室裡有安匹林。就給雜貨店簽我們家的支票，穿上大衣，天氣冷啊。」

威勒頓小姐翻了翻眼珠子。「我四十四歲了，」她說，「能照顧好自己。」

「記著，是熟番茄。」露西亞小姐回應道。

威勒頓小姐大衣紐扣未扣整齊，她慢吞吞地走上布羅德大街，來到超市。「要買什麼？」她咕噥道。「兩打雞蛋，一磅番茄，對。」她經過一排排罐裝蔬菜和餅乾，朝裝雞蛋的箱子走去。沒雞蛋。「雞蛋呢？」她問一個正在秤菜豆的男孩。

「我們只有小母雞蛋。」說著，他又抓起一把菜豆。

「在哪兒呢？有什麼差別？」威勒頓小姐問道。

他又把幾根菜豆扔回箱子裡，無精打采地走到蛋箱旁，遞給她一盒。「其實沒什麼差別，」他說著，把口香糖舔到門牙上，「就是青少年雞什麼的，我不知道。妳要嗎？」

「要，我還要兩磅番茄，熟番茄。」威勒頓小姐補充道。她不喜歡買東西。這些店員憑什麼這麼傲慢呢，這個孩子肯定不會對露西亞也這麼散漫的。她付了雞蛋和番茄的錢，匆匆走了，這裡讓她覺得有些沮喪。

真蠢，超市也能讓她沮喪。超市裡只能發生瑣碎的家務事：女人買菜豆，用超市的推車推著孩子，為五十公克左右的南瓜討價還價。她們得到什麼了？威勒頓小姐就不明白了。自我表達、創造力和藝術還有存在的位置嗎？她的周圍全都如此——人行道上都是人，行色匆匆，手裡拿著小袋子，腦子裡也裝滿了小袋子。

一個女人和一個脖子上套著皮條的小孩，為了讓小孩離開那扇裡面掛著一盞南瓜燈的櫥窗，女人拉他，扯他，拽他。在餘生裡，她可能要一直這樣拽著他了。還有一個女人，購物袋掉在地上，裡面的東西撒了一地。一個女人正在給她的孩子擦鼻子。在街道的前面，一個老婦人正朝這邊走，她的三個孫子不停地往她身上跳。在他們身後，一對夫婦走著，有些不雅地緊挨在一起。

威勒頓小姐注視著這對夫婦走近，又走過去。女人身材豐滿，黃頭髮，腳踝豐潤，泥土色的眼睛。她穿著高跟鞋，戴著踝飾，身著非常短的棉布洋裝和格子呢外套。她的皮膚上有斑點，脖子探出，好像必須伸著脖子去聞一種總是向後退的氣味似的。她牙齒外露，臉上掛著愚蠢的笑容。男人個子很高，一副被掏空了的模樣，頭髮蓬亂。他縮著肩膀，粗壯紅脖子的一邊長著黃色的瘤。他們步伐沉重地走著，男人笨拙地摸著女人的手，還病懨懨地衝她笑了一、兩次。威勒頓小姐可以看見他整齊的牙齒、悲傷的眼神和額頭上的疹子。

「啊！」她打了一個冷戰。

威勒頓小姐把買來的東西放在廚房的桌子上，回到打字機旁，看著打字機裡的紙張。紙上寫著：「洛特．莫頓喚他的狗。狗豎起耳朵，一溜煙似的朝他跑過去。他扯住畜生短而瘦的耳朵，和牠一起滾到爛泥裡。」

「念起來糟透了！」威勒頓小姐嘟囔著。「根本就不是一個好題材。」她斷然地想著。她需要一些更生動的東西，更富藝術感的東西。威勒頓盯著打字機看了好一會兒，然後突然得意忘形地用拳頭在桌子上捶了幾下。「愛爾蘭人！」她尖叫道。「愛爾蘭人！」威勒頓小姐一向崇拜愛爾蘭人。她覺得，他們的粗皮鞋裡都塞滿了音樂，而他們的歷史光輝燦爛。這些人，她沉思著，這些愛爾蘭人，他們全都精神飽滿——紅頭髮，寬肩膀，還有茂盛而下垂的八字鬍。

175　莊稼

群星文庫　007
上升的一切必將匯合
Everything That Rises Must Converge

作者　富蘭納瑞・歐康納 Flannery O'Connor
譯者　仲召明
特約主編　關惜玉
美術編輯　蔡南昇、周世旻

發行人　龐文真
出版顧問　陳蕙慧
執行總監　李逸文
執行副總編輯　李清瑞
資深行銷業務經理　尹子麟
商品企畫專員　余韋達

出版　群星文化
台北市106大安區忠孝東路三段247號4樓
讀者服務專線：02-2752-8616
service@ohreading.com

總經銷　大和書報圖書股份有限公司
電話　02-8990-2588
法律顧問　益思科技法律事務所
印刷　通南彩色印刷有限公司
出版日期　2016年6月
定價240元
ISBN　978-986-93090-1-1

國家圖書館出版品預行編目(CIP)資料

上升的一切必將匯合 / 富蘭納瑞．歐康納 (Flannery O'Connor) 著 ; 仲召明譯. -- 臺北市 : 群星文化, 2016.06

面；　公分. -- (群星文庫 ; 7)

譯自 : Everything that rises must converge

ISBN 978-986-93090-1-1
874.57　　105009814